KB003046

서촌의 기억

서촌의 기억

초판 1쇄 인쇄	2017년 2월 8일
개정판 1쇄 인쇄	2022년 6월 10일
개정판 1쇄 발행	2022년 6월 15일
개정판 2쇄 발행	2024년 11월 1일

지은이	안채윤
책임편집	안채윤
디자인	달밤고래

펴낸곳	도서출판 안김
출판사등록	제2023-000012호
이메일	annkim_books@naver.com
인스타그램	@annkim_books

ISBN 979-11-977609-2-1 03810

Copyright © 안채윤 2022

잘못된 책은 구입한 곳에서 교환해드립니다.
이 책은 저작권법에 따라 보호받는 저작물이므로 무단 전재와 복제를 금합니다.

서촌의 기억

안채윤
장편소설

도서출판 안김

나는
봄이 영원히
지속되어야 한다고
생각했다.

젊고
사랑받았으므로.

- 베라 브리튼 -

차례

서촌

쾅.쾅.쾅. 우르르르르르르르르 쿵!!!!!!

그 거대한 것이 웅장하게 무너져 내리는 소리가 고요한 서촌의 골목 사이를 거칠게 파고들었다. 일대를 뒤덮은 뿌연 흙먼지 속에서 인부들은 연신 기침을 해댔고, 잠시 후 흙먼지가 얼추 가신 그곳엔 처참하게 무너져 내린 헛간과 외양간의 잔재가 그득하게 쌓인 채 모습을 드러냈다. 비로소 기침이 잦아든 인부들은 망치와 도끼를 내려놓고 삽을 들어 그 장대한 더미들을 퍼내기 시작한다. 마당 한구석에서 백 년의 세월을 굳건히 버텨냈던 흙벽과 나무기둥과 볏짚 지붕은 한데 어우러져 길었던 세월을 뒤로하고 먼지처럼 사라져갔다. 한옥의 형태만 보존한 채 현대식으로 우람하게 증축된 본채 안에서 태인은 그것들이 사라져가는 풍경을 조용히 바라보았다.

꼬박 6개월이 걸린 공사였다. 작년 초, 경매로 나왔던 이 집은 효자동에 몇 안 남은 한옥이었다. 처음 이 집을 보러 왔을 때만 해도 폐가가 따로 없을 만큼 흉물스러웠던 거로 태인은 기억한다. 오래된 대문은 머리털이 다 솟을 만큼 소름 끼치는 소리를 내며 열렸고 마당에 들어서는 순간, 일자 형태로 붙어 괴기스럽게 썩어가고 있는 헛간과 외양간에 온 시선을 빼앗겨야만 했다. 보통은 이쯤에서, 됐어요. 그만 볼래요. 하고 돌아들 간다던데 태인은 뭐에 홀렸는지 이상하게도 발길이 멈추질 않았었다. 그렇게 태인은 집 기둥이란 기둥엔 모조리 쳐져 있는 거미줄하며, 다 뜯어져 나간 문짝하며, 개 고양이들의 배설물로 바닥이 얼룩덜룩 물든 안방과, 곰팡이 악취가 진동하는 작은 방들까지 모조리 살펴보고 나서야 발길을 돌릴 수 있었다. 도대체가 어디서부터 손을 대야 할지 모를 만큼 정신 사나운 곳임에도 불구하고 태인의 가슴 한편은 이상하게 이 집을 향해 꿈틀거리고 있었다.

도대체 이 집은 언제부터 사람이 살지 않았던 거죠?

오랫동안.

정확히 말하면 1951년 초 즈음부터일 거라고, 70년째 이곳에서 살고 있다며 자신을 서촌 토박이라 자부하시는 골목 어귀 세탁소 할아버지의 말씀이 그랬다.

그 옛날, 늙은 과부가 대학생들을 상대로 하숙을 치던 집이었는데 한국전쟁이 터지면서 피난 갔던 집 주인이 미처 돌아오지 못하고 버려지게 된 거라고. 그렇게 주인을 잃은 집은 길고양이들의 서식지가 되기도, 노숙자나 부랑자들의 은신처가 되기도, 불량학생들의 문란한 아지트가 되기도 하면서 동네의 골칫거리로 전락했다고 말이다.

미쳤냐?

태인이 부모님 돌아가시고 물려받은 유산의 절반을 털어 이 집을 매입하겠다고 했을 때, 남규가 기겁을 하며 했던 말이다.

"언덕 위 골목 끝이라 교통도 안 좋고 재건축하는 공사 기간이며 비용도 만만치 않은데 그 돈이면 그냥 강남에서 적당한 거 하나 사겠다! 여기 뭐 밤에 치킨이나 배달되겠냐?"

삼십오 년 한평생을 차 많고 사람 많고 24시간 네온사인이 꺼지지 않는 동네에서만 살아왔던 남규에겐, 담배 한 갑을 사기 위해 언덕 아래 큰길까지 무려 왕복 20분에 달하는 길을 다녀와야만 하는 이 집이, 적적하기 그지없는 산사처럼 느껴졌을 것이다. 아마도.

"넓고 조용하니까… 디자인 구상하기에도 좋고, 공방 겸 사무실로 쓰기에도 좋고."

남규의 우려를 뒤로하고 태인은 과감하게 매매계약서에 도장을 찍었다. 평소 외출이 잦지 않았던 그에겐 언덕 위라는 조건은 그다지 고려 사항이 아니었으며 골목 끝에 위치해 상대적으로 조용했던 점은 오히려 장점으로 통했다. 결정적으로, 벚나무 한 그루가 뿌리 내린 넓은 앞마당과 멀리 북악산이 보이는 아늑한 뒤뜰이 죽을 때까지 보아도 질리지 않겠구나 싶었다.

"영영 집 밖으로 안 나오겠다는 소리구먼 이거."

쯧쯧쯧, 남규는 혀를 차며 말했다. 딱히 틀린 말은 아니라 태인은 그저 씩— 웃고 만다. 늘 그랬듯이.

태인은 성격상 정말 필요한 말 이외에는 하지 않았으며, 특별한 일이 없을 때는 외출 또한 일절 하지 않았었다. 고등학교 1학년 때 같은 반 친구로 만나 서른다섯이 될 때까지 18년이란 세월을 남규와 함께 보내면서도 두 사람은 학교가 아니면 항상 집에서만 만났었다. 대학교를 졸업하고 남규가 광고회사에 다니는 동안에도 태인은 그저 집에 틀어박혀서 소소한 인테리어용 목제 가구들을 만들어 몇몇 업체에 납품하는 이른바 재택근무를 해왔었다. 짧게는 일주일, 길게는 두 달 동안 집에서 안 나온 적도 있었다. 군에서 휴가를 나왔을 때도 그는 집에서만 있었다. 이런 태인을 보며 남규는 왜 맨날 스스로를 세상과 격리시키느냐고 타박하기 일쑤였다. 독종이 따로 없다면서 말이다. 사실, 태인이 어떠한 의도를 갖고 일부러 세상과 자신을 격리시킨 것은 아니었다. 애초에 이걸 '격리'라고 생각해본 적도 없었다. 그저, 자신을 감싸고 있는 울타리 너머의 세상에 딱히 관심을 느끼지 못했을 뿐. 그리고 이젠 돈이 들어 있는 통장과 카드 한 장만 있으면 사람이 굳이 집 밖으로 나오지 않아도 충분히 생활할 수 있을 만큼 세상이 너무도 편해지지 않았던가? 그렇다 보니. 본의 아니게.

그냥 집이 편해서 그런 거야.

딱히 나올 일이 없으니까 그런 거야.

태인이 무슨 말을 해도 남규의 눈에 그것은 격리였나 보다. 영락없는 격리.

"너 그거 병이야 병! 히키코모리라고! 은.둔.형.외.톨.이!!! 엉?? 밖에 나와서 사람도 좀 만나고 그래 인마! 나올 일이 없다고 하질 말고 나올 일을 만들라고 좀! 서른다섯 먹은 남자 핸드폰에 저장된 번호가 오십 개도 안 된다는 게 말이나 되냐? 사회 부적응자도 아니고. 네 얼굴이 아깝다 이놈아!"

그렇게 남규는 태인을 쏘아붙이는 거로 걱정을 대신하고, 마땅히 할 말이 없는 태인은 짧은 미소로 대답을 대신한다. 늘.

"아이고~ 고생들 많으십니다~!!"

남규가 양손 가득 비닐봉지를 들고 대문을 넘었다.

"왔어?"

태인이 마루로 나오며 그를 맞이했다.

“날씨가 많이 쌀쌀해졌네? 지난주만 해도 한낮에는 덥더니.”

남규는 마루에 엉덩이를 붙이기가 무섭게 말을 이어나간다.

“점심시간에 나왔다가 잠깐 들렀다. 오면서 이것저것 좀 사왔어. 아저씨들 새참 하시라고. 이리들 오셔서 좀 드시고 하세요~~!”

그건 뭐야?라고 태인이 묻기도 전에 남규의 입이 먼저 움직인다. 그들의 대화는 언제나 그런 식이었다. 남규는 매번 태인보다 한 타이밍씩 빨랐고 태인은 굳이 입을 뗄 필요 없이 알아서 먼저 말해주는 그가 편했다. 이런 극과 극인 성격 탓에 반평생을 절친하게 지내왔는지도.

남규는 통인시장에서 사온 떡볶이, 순대, 만두, 튀김, 전, 꼬마김밥, 그리고 막걸리까지, 주전부리들을 마루에 한가득 펼쳐놓는다. 바람이 제법 차게 부는데도 불구하고 이마에 땀방울이 송골하게 맺히도록 일했던 인부들은 그제야 삽을 내려놓고 한숨 돌리며 마루로 모여든다.

“아이고~ 우리 아부지들! 여기 젓가락!! 막걸리도 한 잔씩들 하시고~! 쭉~~ 시원~~ 허게!!! 이야… 땀에 쩌신 거 봐, 세상에… 이따가 사우나비 좀 챙겨드려야겠네~ 이렇게 고생하시는데 우리 아부지들!"

오랜기간 술 상무를 하면서 다져진 남규의 넉살에 인부들은 연신 기분 좋은 웃음소리를 냈다.

태인은 그들의 틈에서 어색하게 머무르다가 이내 외양간이 있던 자리로 슬그머니 빠져나온다. 고용주 눈치 보지 마시고 편하게 쉬시라는 배려라기보단 낯섦이 가시지 않은 이들과 잘 어울리지 못하는 성격 탓에, 상황을 견디지 못하는 데서 오는 불편함이 더 큰 이유였다.

산처럼 쌓여 있던 것들은 어느새 절반으로 줄어 있었다. 오늘 내일에 걸쳐 이곳을 다 정리하고 다음 주에 작업실로 쓸 이동식 모듈러 주택이 이 자리로 들어서면 한 계절을 다 보내며 치렀던 공사도 드디어 끝이 나게 된다.

담벼락 너머로 펼쳐진, 아직은 낯선 그곳의 풍경을 바라보면서 태인은 괜히 숨 한번 크게 내뱉어본다. 정확한 명칭은 서울 종로구 효자동이지만 흔히 서촌이라 불리는 이곳은, 그가 살아오면서 단 한 번도 발길조차 하지 않던 낯선 곳이었다. 북촌이니 서촌이니 TV 속에서 떠들어댈 때도 별 관심 없던 태인이다. 그는 그다지 자연 친화적인 성격도 아니었으며, 한옥에 대한 로망이 있던 사람도 아니었다. 그런 그가 이곳으로의 이주를 결심하게 된 건, 그저 '떠나고 싶어서'였다.

태어나서 오늘날에 이르기까지 차 많고 사람 많은 강남의 아파트 단지를 벗어나본 적이 없었던 그는, 워커홀릭이셨던 부모님 밑에서 외아들로 태어난 탓에 걷기 시작하고 말을 떼기 시작할 즈음부터는 줄곧 혼자 시간을 보내야만 했었다. 엄마보다 나이가 많았던 유모는, 돈 받은 만큼만 일하겠다는 마인드가 팽배한 사람이었다. 때맞춰 밥 챙겨주고, 씻겨주고, 옷 입혀주고, 똥 기저귀도 서슴없이 갈아주었지만 정작 따뜻한 정을 주진 않았었다. 태인에게 교육용 영어 비디오를 틀어주고 그저 자기 할 일을 할 뿐이었다. 온종일 외롭고 심심했을 태인이 밤늦게 퇴근하고 돌아오신 부모님께 달려가 하고 싶었던 말들을 신나게 쏟아내고 나면 돌아오는 대답은 언제나 '그래 잘했다. 방에 가서 놀아. 엄마 피곤해. 아빠 바빠.' 이게 전부였다. 어린 마음에 놀아달라고 떼라도 썼을 법한데, 신기하게도 태인은 그러지 않았다. '엄마 아빠는 항상 바쁘고 피곤한 사람들이니까. 나까지 거기에 피곤을 더하진 말아야지. 귀

찮게 하지 말아야지.' 그냥 그렇게 생각했었다. '책은 혼자서도 읽을 수 있잖아. 그림은 혼자서도 그릴 수 있잖아. 음악도 원래 혼자 듣는 거고, 공부도 혼자 해야 하는 거니까.' 그렇게 바쁜 부모님을 이해했었다. 어쩌면 일 잘하고 냉정했던 유모의 영향이었을지도 모르겠다. 덕분에 그는 또래보다 일찍 철이 들었고, 또래보다 일찍 홀로서는 법을 깨우쳤으며, 유년기의 외로움과 바꾼 유산은 다른 평범한 서른다섯은 꿈도 못 꿀 으리으리한 내 집 마련과 사업 밑천이 되어주었다. 늘 바쁘고 빠른 삶을 추구하셨던 부모님이 떠나고 나니, 더는 그 화려한 동네에 남아 있을 이유가 없었다. 자신의 유년기가 잠들어 있는 그 외로운 곳을 떠나 새로운 곳에서, 새로운 기분으로 인생을 다시 시작하고 싶었다. 그렇게 태인은 이곳으로 오게 된 것이다. 서촌이라 불리는 이곳으로.

"처음 왔을 때만 해도 귀신이 열댓 명은 살 것마냥 소름끼치더니, 이젠 뭐 때 빼고 광내고 하니까 아방궁이 따로 없네! 역시 돈이 좋아 그치? 꺼억~."

김치전을 안주 삼아 막걸리 한 사발 들이켜고 온 남규는 말과 동시에 과격한 트림을 해댔다.

“쏘리.”

깜찍한 사과도 잊지 않는다.

“회사는 이번 주까지만 나가기로 했다. 짐 정리해서 주말에 이사 올게.”

남규는 8년 동안 몸담은 회사를 그만두고, 태인과 함께 이 집에 살면서 작은 가구 회사를 창업할 예정이었다. 태인이 가구를 만들면 남규는 그 가구를 홍보하고 온라인 쇼핑몰을 통해 판매하는 등 전반적인 회사 운영을 담당하는 시스템이었다.

“회사 이름은 생각 좀 해봤냐?”

“아직….”

“뭐야, 아직도?? 에헤이, 답답한 양반….”

남규는 태인을 슬쩍 흘겨보고는 이내, 자신이 생각해온 이름들을 풀어내기 시작한다.

Your Furniture, Wood Poem, Only Wood, Green perfume, One way Wood, Made in Wood, Trip to the Wood…

가구거리에 일렬로 걸려 있는 간판들을 통째로 베껴온 것 같은 식상한 이름들이 오동통한 입술 사이에서 무더기로 쏟아져 나왔다. 오직 목재로만 이루어진 수제 가구라는 것을 강조하기 위해 지은 이름들이라며 남규는 일장연설을 늘어놓는다.

"근데 꼭 그렇게 영어 이름이어야 돼?"

"지금 그걸 말이라고, 인마! 세계 시장으로 진출하려면 영어 이름은 필수야 필수! 야, 봐봐! 예를 들어, 태인 가구. 남규 가구. 이렇게 이름 붙여봐라! 외국인들은 그 발음 못해~ 부르기 힘들어서라도 우리 거 안 사고 말지."

태인은 그런 남규를 묵묵히 바라보다가 조용히 묻는다.

"솔직히 말해. 너 광고회사 그만두는 거 아니고 잘리는 거지? 권고사직 비슷한. 그치?"

"왜. 영 아니냐?"

"응. 많이. 그 감각으로 광고회사는 어떻게 다녔을까…."

"첫. 아 그럼 의견을 좀 내~ 너도. 지는 암것두 안하면서…."

남규는 빈정이 상한 듯 입술을 툭! 내밀고 뾰로통하게 태인을 흘겨보았다. 술과 담배와 인생에 찌든 삼십대 중반의 고단한 남자 얼굴에서 아직도 저런 십대 소녀 같은 표정이 나오다니. 태인은 또 피식 웃고 만다.

서촌의 오후.

남규 덕에 든든하게 요기를 한 인부들의 작업 소리는 지칠 줄을 모르고, 부쩍 짧아진 해는 여섯 시가 되기도 전에 급격하게 저물어갔다.

주홍빛의 노을이 집 마당에 내려앉던 그때쯤이었을 거다.

"사장님, 좀 나와보셔야겠는데요?"

인부들 사이에서 반장이라 불리던 사내가 서재에 있던 태인을 불러냈다.

"무슨 일 있어요?"

"외양간 있던 자리에 뭐가 있네요?"

"거기 뭐가 있어요?"

태인은 아직 책장으로 들어가지 못하고 수북하게 쌓여 있는 책들을 뒤로하고 마당으로 나왔다. 모든 인부가 작업을 중단한 채 둥그렇게 모여 한 곳을 내려다보는 중이었다.

"비켜들 보시게!"

반장의 지시에 따라 모여 있던 인부들이 반으로 갈라졌다.

그곳은 외양간 안쪽, 정확히 말하면 소에게 먹일 건초더미를 쌓아두던 위치였다. 한 인부가 너비 60cm 정도 되는 직사각형의 나무 덮개를 태인에게 내밀었다. 24mm 두께의 삼나무로 만들어진 그 덮개는 마당의 흙과 비슷한 색으로 칠이 되어 있었다. 질감이 아니었으면 깜빡 속았을지도 모를 완벽한 위장이었다.

"흙을 다 걷어내고 나니까 바닥에 이런 게 있잖아요. 그래서 뭔가 하고 열어봤더니…."

덮개가 놓여 있던 곳엔 한 사람이 들어갈 수 있을 크기의 깊은 구덩이가 나 있었다.

"장독을 묻어두던 덴가?"

"그러기엔 좀 크지 않나?"

"누가 장독을 이렇게 묻어 이 사람아."

"옛날엔 그랬을 수도 있지 왜."

"이러다 구한말 유물이라도 나오는 거 아녀? 여기 백 년도 더 된 집이라매."

"유물은 무슨. 유골이나 안 나오면 다행이네 이 사람아."

"유골? 정말 그런 게 나오면 어디다 신고를 해야 되나?"

구경하고 있던 인부들의 입에서 이 말 저 말 튀어나올 무렵, 구덩이 안에 들어갔던 인부가 안에 있던 물건들을 하나둘 밖으로 꺼내기 시작했다.

제일 먼저 구덩이 밖으로 나온 물건은 다 삭아버린 고동색의 담요였다. 이어서 그을음이 잔뜩 껴 있는 남포등과 양철로 만들어진 휴대용 등유통, 양은 주전자, 그 외에 다 쓴 잉크병과 펜촉이 끼워져 있는 만년필, 그리고 마지막으로 부피가 제법 큰 나무 상자까지. 예상을 뒤엎는 물건들의 등장에 인부들의 관심은 극에 달해가고 있었다.

"이게 마지막이에요. 여기 무슨 방공호로 썼나 본데?"

구덩이에 들어갔던 인부가 밖으로 나오면서 말했다.

"방공호요?"

예상을 못한 건, 태인도 마찬가지다.

"예. 딱 한 사람 누워서 잘 수 있을 크기예요. 뭐 사장님처럼 기럭지가 있으신 분은 좀 힘들 테지만."

오래된 외양간 밑에 방공호라니. 상상도 못한 조합이다.

"그나저나 이 하꼬장은 꽤나 무겁네? 안에 뭐가 들었나⋯."

머리가 희끗희끗하게 센 인부는 방공호에서 나온 반닫이 형태의 나무 상자를 보고 하꼬장이라 불렀다. 칠이 다 벗겨져 희미했지만 얼핏 '석유'라는 글자가 보이는 거로 보아, 아마도 오래전에 석유 보관통으로 쓰던 상자가 아니었을까? 과연 이 안엔 뭐가 들어 있을까? 등장과 동시에 여러 생각을 하게 만드는 상자다.

태인은 그것들을 마루로 옮긴 뒤, 초록빛으로 녹이 슨 상자의 잠금 고리를 천천히 풀었다. 금괴나 폐물이 들어 있을 것이다. 옛날 돈이 들어 있을 것이다. 혹, 땅문서나 집문서는 아닐까? 모여든 인부들은 호기심 가득한 눈으로 여러 가지 추측들을 내세우며 무엇이든 기대하고 있었다. 그리고 태인이 그 반닫이 문을 열었을 때 그들의 기대감이 다소 실망감으로 바뀌는 짧은 탄성을 들을 수 있었다. 그 상자 안에는 번쩍거리는 금괴나 폐물도, 화폐 가치가 있는 돈이나 문서 따위도 아닌, 흰색 봉투 안에 담겨 있는 편지들로 빼곡하게 채워져 있었다. 어림잡아도 족히 이백여 통은 되어 보였다. 그 누구도 기대하지 않았고, 기대하지 못했던. 정말 뜻밖의 물건.

더 볼 것도 없다는 듯 인부들은 김이 샌 얼굴로 다시 작업장으로 돌아갔고, 태인은 홀로 남아 상자 맨 앞에 있던 봉투를 꺼냈다.

1950년 1월 1일. 당신에게 보내는 첫 번째 편지

편지 겉봉에 쓰인 다소곳한 자필 글씨. 어째서 이 편지들은 주인을 찾아가지 못하고 이렇게 방공호 속에 숨어 있었던 걸까. 그것도 무려 66년 동안이나. 태인은 봉투 안에서 곱게 잠들어 있던 편지를 꺼내 펼쳤다. 두 장의 편지는 그 긴 세월동안 색 하나 바래지 않고 아주 깨끗한 상태로 보존되어 있었다. 오른쪽에서 왼쪽 종렬로, 펜촉에 잉크를 찍어서 쓴 듯 굵기가 고르지 않은 필체로 정성스럽게 써내려간 편지는 '1950년 1월 1일 일요일 저녁. 당신에게 쓰는 편지.'라는 문장으로 시작하고 있었다.

1950년 1월 1일 일요일 저녁

당신에게 쓰는 편지.

이 편지가 언제쯤 당신의 손에 쥐여지게 될는지
기약은 없지만, 그럼에도 불구하고
이리 편지를 쓰는 연유는 당신을 향한 나의 마음이
하루가 다르게 강물 불어나듯 넘쳐나
내가 어찌할 방도가 없기 때문입니다.
지난해 봄, 오후 늦게 내리던 소낙비를 피해
나의 벗들과 들어간 그 간판 없는 전집에서
당신을 처음 본 것이 이 연모의 시작이었습니다.
질끈 묶은 머리, 자꾸만 빠져나오는 옆 머리칼을
연신 귀 뒤로 넘기며, 기름내 진동하는 부엌과
손님들 사이를 분주히 오갔던 당신.
부러질 듯 가냘픈 손으로 막걸리 한가득 담긴
양은 주전자와 밀전을 내려놓으며 '맛있게 드세요'
짧게 한 마디 던지고 부엌으로 사라지던 그 모습에

나는 천치마냥 가슴이 뛰어 몇 날이나 잠을 설치었지요.
그날 나의 벗들은 문학을 논하며 흥건히 취하였지만,
나는 그날의 대화가 하나도 생각나지 않습니다.
그저, 서너 개의 작은 탁자를 분주히 다니며
묵묵히 일하던 당신의 모습만이 강렬하게 남을 뿐이었지요.
나에겐 그런 당신이, 온 거리에 흐드러지게 핀 꽃마냥
그리 고울 수가 없었습니다. 그렇게 시작된 연모는
사그라들 줄을 모르고 이리 해를 넘기어버렸습니다.

경인년의 첫날.
당신을 처음 보았던 그날처럼 비가 내렸습니다.
나는 잠시 본가가 있는 대전에 머무르고 있습니다.
가족들과 상에 둘러앉아 떡국을 한 그릇 비우고
든든해진 배를 매만지며 새해의 다짐에 대하여
생각을 해보았습니다.
올해는 지난해보다 더 많은 시를 쓰고자 하는 것이
첫 번째 다짐이고, 두 번째는 시인으로서 등단하는 것이며,
마지막은 당신에게 나의 마음을 고백할 수 있는

용기를 마련하는 것입니다.

그 전까지는 시시때때로 넘쳐나는 이 마음을

펜 끝에 고이 담아 편지로 남겨둘 생각입니다.

그 시절 박록주를 저돌적으로 짝사랑하였던

김유정의 패기가 나에게도 생기는 날이 오게 되거든,

이 편지와, 앞으로 쓰일 얼마가 될지 모를 그 편지들을 들고

당신을 찾아가 내 손으로 직접 전할 것입니다.

나의 편지들이 당신은 모르는 동안,

내가 당신을 이토록 연모해왔다는 증표가 되어줄 것입니다.

그때까지 당신은 그저 나의 종이만 되어주십시오.

종이가 되어, 순간순간 전달하지 못했던

이 못난 청년의 애틋한 마음을 부디 품어주십시오.

당신 생각으로 무척이나 많은 밤을 뒤척였음에도,

나는 오늘날까지 당신의 이름 석 자 알지 못합니다.

그저 당신의 얼굴을 몰래 바라보는데 정신을 다 쏟아버린

까닭이겠지요. 이런 나를 부디, 이해하여주십시오.

당신을 사모하는 구 자 윤

구 자 윤.

본가가 대전이라는 그는 아마도 늙은 과부가 집주인이던 시절, 이 집에서 하숙했던 대학생이었을 것이다. 많은 시를 쓰고, 시인으로서 등단을 목표로 두고 있는 자라면 분명 문과대를 다니고 있었을 테고. 거리상으론 당시 혜화동에 캠퍼스가 있었던 서울대이거나 세브란스 의대와 통합하기 전의 연희대였을 확률이 높고. 이름 석 자 알지 못하는 여인을 향해 이런 편지를 쓸 만큼 지고지순한 감성을 가진. 예나 지금이나 흔치 않은 청년.

그 시절의 단어와 그 시절의 맞춤법으로 쓰인 편지 한 통으로 태인은 얼굴 한 번 본 적 없는 필자에 대해서 제법 많은 것을 유추해낼 수 있었다. 미처 겪어본 적 없는 흥미로움으로 태인의 심장 깊숙한 곳이 찌릿하게 울려온다.

태인은 마당에서 작업 중이던 인부들을 서둘러 해산 시키고 방공호에서 나온 그의 물건들을 챙겨 서재로 돌아왔다. 삭아버린 담요를 제외하고는 모두 박스 한 곳에 가지런히 정리해두었다. 그러고는 편지가 들어 있는 상자만 따로 들고 독서등이 있는 소파로 와서 가장 편한 자세를 취한 채, 그의 두 번째 편지를 꺼내든다. 마치, 누군가의 일기장을 몰래 훔쳐보는 듯 묘한 긴장감으로 태인의 손바닥은 축축하게 땀이 맺히고 있었다. 저녁 먹을 시간이 가까웠으나, 이백 통이 넘는 편지를 앞에 두고는 좀처럼 밥 생각이 나질 않는다. 그렇게 태인은 '첫 편지를 쓰고 나흘이 지났습니다.'로 시작하는 그의 두 번째 편지를 읽기 시작한다.

자윤의 편지 1

1950년 1월 5일 목요일 늦은 밤

첫 편지를 쓰고 나흘이 지났습니다.

오늘은 올해의 첫눈이 내렸습니다.

가만히 서 있기만 하여도 몸이 부들부들 떨려올 만큼

추운 날씨였습니다.

나와, 나의 벗들은 당신의 가게에서

소소하게 신년회를 가졌지요.

신입생으로 입학한 것이 엊저녁의 일만 같은데,

어느새 3학년이라며 유속 같은 세월을 아쉬워하였습니다.

세월도 이처럼 종이에 담을 수 있다면 얼마나 좋을까요.
술기운으로 따뜻하게 오른 몸을 끌고 눈길을 걸어
하숙집으로 오는 내내, 나는 당신 생각에
웃음이 피식피식 나왔습니다.
하얗게 얼어붙은 얼굴에 코끝만 다홍빛으로 물든 모습이
여간 귀여운 것이 아니었지요.
돌아서면 그리워지는 얼굴인데, 오늘처럼 말간 얼굴은
오죽하겠습니까. 더할 나위 없지요.
필시 당신은 나보다 어릴 것이라 사료됩니다.
이러나저러나 당신은 평생 내 가슴속에서
소녀로 머무를 테지요.
편지를 쓰다 보니 어느덧 자정에 가까운 시간이 되었습니다.
이만 나는 잠자리에 들어야겠습니다.
오늘은 꿈길에도 당신이 서 있을 것만 같습니다.

당신을 사모하는 구 자 윤

1950년 1월 15일 일요일 저녁

오늘은 벗을 따라 한강에 얼음낚시를 다녀왔습니다.
기껏해야 내천이 흐르는 곳에만 살았던 터라
낚시는 매우 생소한 일이었는데 함께 간 벗은
본가가 거제도에 있어, 바다를 마당 삼아 놀던 이라
매우 능숙하게 나를 지도하여주었습니다.
휴일이라 그런지 제법 많은 사람이 모여들어
문전성시를 이루었지요.
곱게 결빙을 보인 강 중심에 얼음 구멍을 뚫어놓고
낚싯줄을 담근 채 잉어가 걸리기만을 기다리는데,
벗이 팔뚝만 한 잉어를 세 마리나 낚는 동안
나는 한 마리도 낚지 못하여 조금 기가 죽었었습니다.
하지만 기다린 끝에 손바닥만 한 새끼잉어 한 마리가
낚였을 땐, 여간 신나는 기분이 아닐 수가 없었지요.
나는 그 얼음 위에서 어린아이마냥 방방 뛰어댔습니다.
나잇값 따위는 일단 접어두고 말입니다.
이런 희열을 보고자 저 수십 명의 태공망이

얼굴을 꽁꽁 싸매고 눈만 동글지게 내놓고들
얼음 위에 앉아 이 추위를 견디고 있나 보다 하였습니다.
실력이 좋은 태공망은 한 시간 동안 장딴지만 한 잉어를
다섯 마리나 낚아 올리기도 하였습니다.
매운탕을 끓여 먹으며 물으니, 솜씨가 뛰어난 이는
하루 동안 4-5천 원을 벌어들이기도 한답니다.
나중에 글이 안 팔려 세간살이가 영 형편없어지거든
태공망이나 하자며 벗과 농을 나누었지요.
허나, 내 낚시 실력으로는 태공망의 길도 어려울 성싶으니
그저 열심히 詩作에나 몰두하자 다짐하였습니다.
귀가하는 길에 당신의 가게 앞을 지나기 위하여
일부러 길을 돌아서 갔었는데, 문이 닫혀 있었습니다.
말똥한 눈으로 주인 없는 가게 안만 들여다보고 왔습니다.
당신의 휴일은 어떠하였는지 궁금하여집니다.
우리가 함께 휴일을 보낼 수 있는 그날은 오게 될는지요.
조심스럽게 희망을 품어봅니다.

당신을 사모하는 구 자 윤

1950년 1월 31일 화요일 늦은 오후

보름 만입니다.

한강에 얼음낚시를 다녀온 후,

나는 심한 감기에 걸려 몇 날을 앓았습니다.

온종일 식은땀이 나고 열이 올라 꼼짝없이 누워만 지냈지요.

숟가락 들 힘도 없어 하숙집 어머니께서

미음을 찬찬히 떠먹여주시었는데,

그마저도 몽땅 토해내며 그르렁거리는 기침을 해댔더니

혹여 결핵일까 싶어 얼른 의원을 모시고 오셨습니다.

다행히도 결핵은 아니었고, 지난날 찬바람을 너무 오래 쐬어

지독한 감기몸살에 든 거라고 합니다.

약방에서 지어온 약을 먹고 절절 끓는 아랫목에서

동면하는 개구리마냥 긴 잠을 자고 일어났더니

몸이 한결 가벼워져 경복궁까지 산책을 다녀왔습니다.

늦은 점심으로 뽀오얀 곰국 한 그릇 뚝딱하고

오랜만에 책상 앞에 앉았는데, 떠오르는 것이 시상이 아니고

당신의 얼굴인 것은 어째서일까요.

결국 나는 시 노-트가 아닌 편지지를 꺼내 들고

이리 당신에게 편지를 쓰고 있습니다.

연초에 벗들과 신년회를 할 때 당신을 보고

그 뒤로 제법 긴 시간이 흘렀는데 별고는 없으신지

혹, 나처럼 지독한 감기에 들진 않았는지

문득 걱정이 사무쳐옵니다.

당신을 사모하는 구 자 윤

1950년 2월 4일 토요일 저녁

입춘입니다.
새벽녘에 잠시 빗소리를 들었으나 이내 그치고
온종일 쾌청한 날씨였습니다.
오늘은 나의 옆방에 새로운 하숙생이 이사를 왔습니다.
이름은 백두효이고 서울대에서 법을 공부한다는데,
키도 훌쩍하니 크고 매우 호남형으로 생긴 청년이었습니다.
그의 본가가 충청도 청양이라 우린 동향민이라며
금세 친해질 수 있었습니다.
나이는 나보다 한 살이 위인 형님이었는데,
학년이 같으니 그냥 편히 친구하자며 먼저 제안해주었습니다.
호방한 성격이 대장부가 따로 없었지요.
숫기 없는 나로선 부러운 성격이 아닐 수 없었습니다.
새 식구가 들어온 기념으로 하숙집 어머니께서
백숙을 끓여주셨습니다. 간만에 즐거운 포식이었습니다.
두효의 방 정리가 마저 끝나거든 화롯불에 주전부리를
구워 먹으며 늦게까지 대화를 나누자고 약속하였습니다.

늘 문학을 함께하는 벗들하고만 어울리다가
법을 공부하는 벗하고는 어떤 대화를 나누게 될는지
벌써부터 기대가 됩니다.
혹, 재미난 이야기가 있거든 당신에게도 말해주겠습니다.

당신을 사모하는 구 자 윤

1950년 2월 10일 금요일 늦은 밤

정확히 한 달하고도 6일 만에 당신을 보았습니다.
그간 일이 많이 고되었는지 오랜만에 보는 당신의 얼굴에
피곤함이 묻은 것이 못내 걱정이 들었습니다.
허나, 어느 누구에게도 눈길 주지 않는
그 묵묵한 표정은 여전하였습니다.
내가 흠모하는 그 표정 말입니다.
벗들과 나는 막걸리와 지게미전을 놓고 여느 때와 마찬가지로
문학을 논하며 즐거운 토론회를 가졌습니다.
매번 느끼는 거지만 당신의 가게에서 파는
막걸리의 맛은 진정 일품입니다.
다른 가게에서 파는 막걸리들은 가히
비교도 할 수 없을 만큼이지요.
이는 나뿐만이 아니라 나의 벗들도 모두 공감하는 바입니다.
막걸리 한 사발에 설탕을 한 숟가락 넣고 휘휘 저어 마시면
여름날, 얼음을 갈아 만든 빙수보다도 훨씬 달고 맛나지요.
그 맛에 한 사발 두 사발 들이켜다 보면

어느새 우린 또 흥건하게 취해 있습니다.

우리가 취해가는 동안 날은 저물고 당신은 핼쑥해져갑니다.

그래도 우린 쉽사리 자리를 떠날 수가 없습니다.

나누어야 할 이야기가 너무 많고,

또 하루 저물어가는 우리의 젊음이 아쉽기 때문이지요.

그리고 나는 당신의 얼굴을 단1초라도 더 보고 싶은 마음을

차마 부인할 수가 없습니다.

막차 시간에 쫓겨 우리는 끝내 일어섰으나,

오늘날의 젊음은 당신의 가게 가장 안쪽 자리에

두고 나왔습니다. 플랫폼에 간신한 그림자를 떨어뜨리고

담배를 피우며 젊음은 오랫동안 그곳에 남아 있기를 바랐던

오래전 윤동주의 마음처럼 말입니다.

사랑스런 추억으로 남을 오늘날,

그 추억 속에 당신을 담을 수 있어

나는 여간 기쁘지 아니합니다.

나는 언제쯤 당신의 추억이 될 수 있을까요.

당신을 사모하는 구 자 윤

1950년 2월 21일 화요일 이른 새벽

어제저녁 노곤함에 일찍 잠이 들었더니

오늘은 해가 뜨기도 전에 기상을 하였습니다.

아직도 밖은 불빛 하나 없이 어둠으로 가득합니다.

어머니 방에서도, 두효의 방에서도, 심지어 앞마당의

개집에서조차 기척이 없는, 마냥 고요한 새벽입니다.

마치 모든 것이 잠들어 있고, 세상에 홀로 남겨진 기분입니다.

공연스레 외로움이 사무쳐오지만, 바로 이 순간이

글을 쓰는 이에게는 천금 같은 시간이 아닐 수 없습니다.

잠들어 있던 감수성이 모두 깨어나 최고조에 이르게 되면서

노-트 위에 무심코 찍은 점 하나에도

생명력을 부여하는 힘을 갖게 되기 때문이지요.

그리하여 글을 쓰는 대부분의 이들이 사무치는 외로움과

고독을 감사히 여기며 이 순간을 사랑해 마지않습니다.

그러고는 펜 끝에 잉크가 마를 새 없이

노-트를 가득 채워나가지요.

몸뚱어리가 아닌 영혼으로 글을 쓰는

이 미몽 같은 순간을 두고,
나의 벗들은 황홀경이라 일컫습니다.
그리고 나는 지금, 그 황홀경의 중심에서
당신에게 편지를 쓰고 있습니다.
동인지에 실을 수도 없는 이 편지를
그 어떤 시보다도 소중하게 쓰고 있습니다.
찰나에 사라져버리는 이 순간을
나는 온전히 당신을 향하여 쓰고 있습니다.
그래도 나는, 전혀 이 순간이 후회되거나
아까울 리 없습니다. 마냥 기쁜 것입니다.
연정이란 그런 것이지요.
비록 전하진 못하고 있어도
사랑은 계속되고 있음을 부디 알아주세요.
내겐 시와 같은 여인이여.

당신을 사모하는 구 자 윤

1950년 2월 28일 화요일 점심

어느덧 2월의 마지막 날입니다.
아침에 마당 화단에 새순이 돋아난 것을 보았습니다.
지난날 내린 눈은 아직도 편편이 남아 있고
코끝에는 여전히 찬바람이 스치우는데,
그 얼어붙은 땅을 뚫고 돋아난 작은 싹의 생명력이
너무도 경이로워 이를 당신에게 꼭 말해주고 싶었습니다.
저 싹은 자라서 꽃을 피우고 열매도 맺겠지요.
보는 이들의 마음을 정화시켜줄 테고,
벌과 나비를 행복하게 해줄 테지요.
나의 이 편지들도 그런 새순이 될 수 있을는지.
언젠가 당신의 손에서 꽃 피우고 열매도 맺어지는
그날을 사뭇 그려봅니다.

당신을 사모하는 구 자 윤

흑백사진

바람이 많이 불던 토요일.

남규의 이사로 인해 아침 일찍부터 집안이 북적거렸다. 가구는 이미 준비되어 있으니 옷과 책 몇 권만 챙겨 오겠다던 그는 1톤 트럭 한 대를 가득 채울 만큼 많은 짐을 싸 짊어지고 들어왔다.

"오늘은 나의 독립기념일이야!! 앞으로 매년 오늘을 기념하며 축하파티를 열겠어!!"

서른이 훌쩍 넘도록 부모님과 함께 사는 것이 늘 불만이었던 남규는 드디어 진정한 자유를 얻었다며 귀에 걸린 입이 좀처럼 내려올 줄을 모르고 있었다.

트럭이 세워져 있는 큰길과 골목 끝에 위치한 집을 오가며 이삿짐을 다 나르고 나니, 순식간에 점심이 찾아왔다. 차 밀리기 전에 얼른 떠나야 한다는 트럭 기사에게 밥값 하시라며 웃돈을 더 얹어드리고 두 사람은 집 근처의 식당으로 향했다. 주택가에 위치한 중국집은 주말임에도 불구하고 매우 한산했다.

"이사하는 날엔 자장면 먹는 거라고 누가 정해놨나 몰라."

남규는 춘장이 잔뜩 묻은 입술 사이로 탕수육을 밀어 넣으며 말했다.

"누가 그렇게 정해놓은 거래?"

태인이 피식 웃으며 물었다.

"아님 말고. 야! 이따 갈 때 전화번호 받아가자! 여기 괜찮네. 소스에 연륜이 있어."

남규는 포만감으로 행복해진 얼굴을 하고는 자장면 그릇 바닥에 수북하게 깔린 양파 조각까지 남김없이 싹싹 긁어먹는다. 아무렴, 지금 상황에서 뭔들 안 맛있을까.

허기진 배를 든든하게 채운 두 사람은 동네 떡집에서 미리 맞춰둔 시루떡을 일회용 접시에 곱게 담아 들고 이웃들에게 인사를 다니기 시작했다. 요즘 세상에 뭘 그렇게까지 하느냐고 태인은 못마땅해 했지만 남규는 앞으로 이 동네에 뼈를 묻을 건데 이웃들에게 좋은 인상을 심어 주어야 한다며 강력하게 어필했다. 더군다나 리모델링 공사로 몇 달이나 시끄럽게 민폐를 끼치지 않았던가. 태인은 결국 수긍하고 남규를 따라 나선다.

두 사람은 집에서 가장 가까운 이웃인 파란색 대문집 앞에 멈춰 섰다. 따로 초인종은 없는 듯했다.

"계세요?"

남규가 집 안을 향해 큰 소리로 외쳤다. 잠시 후, 안쪽에서 문이 열리고 시멘트 계단을 슬리퍼로 질질 끌며 내려오는 소리가 들려왔다.

"누구세요?"

"골목 끝 집에서 왔어요."

철컥! 하고 쇠고리가 풀리는 소리와 함께 양쪽 볼에 기미가 적당히 포진된 육십대 중반의 푸근한 아주머니가 모습을 드러낸다.

"안녕하세요, 어머님. 저기 골목 끝 한옥에 새로 이사 온 사람인데요. 인사드리려고요."

남규는 생글생글 웃으며 인사를 건넸고, 태인은 뜨끈하게 김이 오르고 있는 시루떡 한 접시를 조용히 내밀었다.

"어머나 뭐 이런 걸 다~ 요즘에도 이런 걸 챙기는 사람이 있네."

아주머니는 젠틀하고 단정해 보이는 새 이웃이 썩 맘에 드는 눈치다.

"공사가 너무 길어서 많이 시끄러우셨죠? 저희가 진즉에 인사를 드렸어야 했는데. 늦어서 죄송합니다."

"아이고 무슨~ 오히려 저 흉물스러운 거 처분해줘서 고맙지 뭐. 이 동네 사람들 다 같은 마음일걸요? 저기 공사 하는 동안 시끄럽다고 불평한 사람 한 명도 없었어요."

뜻밖의 대답이 돌아온다.

"그래요?"

"그럼~ 그 집 때문에 이 동네 땅값이 몇 년째 그대로였다고. 뭐 아실 테지만 요즘 서촌이 엄청 떴잖아. 저쪽에 중심부만 가도 하루가 다르게 집값이 오르고 있는데 여기만 안 올라 여기만! 그게 다~ 골목 끝 그 집 때문이라고 동네 사람들 불만이 얼마나 많았는데요. 그 집 때문에 길고양이 번식해서 동네 쓰레기 죄다 뜯어놓지, 불량한 애들이 맨~ 오토바이 그 시끄러운 거 타고 동네 왔다 갔다 하면서 그 집에 모여 사고나 치지, 또 무슨 귀신이 나오는 집이라나 뭐라나 하면서 인터넷에 소문이 돌아가지고 한동안 공포체험이니 뭐니 한다고 천지 사방에서 사람들이 들쑤셔대고 난리도 아니었다니까. 아주 골칫덩어리였어 그 집이. 시에서 경매로 나왔다고 했을 때도 저 집을 과연 누가 사서 들어올까 걱정도 많이 했다고 우리가~ 근데 이렇게 멀끔하신 분들이 들어오셨으니 얼마나 다행인지 몰라요 진짜. 이렇게 떡도 돌리고 말야! 경우도 바르지 참~ 내가 다 환영해요!"

아주머니는 시루떡을 야금야금 떼어먹으며 그동안 쌓였었던 불만을 토해내고 있었다.

"근데 무슨 일들 하세요? 결혼들은 하셨나?"

"아, 아직 미혼이고요. 저희는 가구 회사 합니다. 집 겸 사무실로 쓰니까요, 혹시 필요한 가구 있으시면 언제든 보러 오세요. 좋은 나무만 골라서 만드는 수제 가구거든요."

"어머나 너무 멋지시다!! 안 그래도 내년에 고등학교 들어가는 우리 조카 책상을 새로 사네 마네 하던데 여기서 사라고 해야겠네!"

"아이고~ 그렇게 다리 놔주시면 저희야 감사하죠! 이.웃. D.C! 아시죠? 하하하하."

남규는 한껏 신이 난 아주머니의 기분을 적당히 맞춰주며 웃어 보였다.

근방에 있는 열두어 집에 떡을 돌리는 동안 각자 다른 나이, 다른 모습으로 대문을 열어준 동네 사람들은 하나같이 '그 흉물스러운 것'을 처분해줘서 고맙다는 말을 했다. 이제 집값 좀 오르려나 하는 기대감으로 얼굴이 활짝 핀 사람들은 두 남자에게 환대를 마지않는다.

"어? 야, 이게 뭐냐?"

이삿짐도 다 날랐겠다, 이웃집에 신고식도 끝냈겠다, 동네 슈퍼에서 장까지 보고 대문을 넘어서니 그제야, 흔적도 없이 사라진 외양간 자리에 덩그러니 남아있는 방공호 덮개가 남규의 눈에 들어온 모양이다.

"일찍도 본다."

"색깔이 이래서 자세히 안 봤으면 몰랐을 뻔했네. 뭐냐 이거?"

"방공호. 외양간 밑에 방공호가 있었더라고."

"방공호??? 와… 그렇게 말하니까 여기 진짜 오래된 집 같다 새삼!"

남규는 방공호 입구를 막고 있던 삼나무 덮개를 열고 핸드폰 조명으로 그 안을 비추며 쓱 훑었다.

"캬… 이 집에 이런 데가 있었네… 여기서 뭐 좀 나왔냐?"

"이것저것."

"뭐 나왔는데? 돈이나 금괴 같은 거라도 나왔냐? 옛날 돈도 은행 가면 쳐주긴 할 텐데…."

인간의 상상력이란 어느 정도 적정선에서 크게 벗어나지 않는 듯, 남규 또한 처음 방공호를 발견했던 인부들과 별반 다르지 않은 기대감으로 태인을 보며 물었다.

"…편지."

태인은 잠시 뜸을 들인 후 대답했다.

역시나 생각지도 못했다는 얼굴로 남규가 되묻는다.

"편지??"

"응. 1950년에 이 집에서 하숙했던 구자윤이란 대학생이 한 여인한테 쓴 편지."

"뭐라고 써 있는데?"

"그냥… 좋아한다는 고백도 있고… 오늘은 뭘 했습니다, 어땠습니다, 이런 자기 일상 얘기도 있고."

"한 통이 아니야?"

"정확하게는 이백열일곱 통."

"헐…."

남규의 놀란 눈은 안경테를 뚫고 나올 만큼 커졌다.

"1950년 1월 1일에 시작해서 12월 31일까지 일 년 동안 쓰인 편지들이야. 한 달에 평균 서너 통 정도 썼는데, 6월 25일 이후로는 하루도 안 빠지고 매일 편지를 썼더라고."

"뭐야… 그럼 뭐, 전쟁 터지고 여기 방공호에 숨어서 쓴 편지들이란 소리야?"

"아마도 그렇겠지? 펜이랑 잉크병도 같이 나왔으니까. 나도 다 읽어보진 않아서 자세히는 몰라."

"재밌냐? 뭐… 막 낯간지럽고 오글거리고 그러냐?"

"뭐랄까…."

재미… 그렇다. 재미는 분명 있다. 그러나 결코 오락적인 의미의 재미는 아니다. 한 사람의 인생과 사연을 놓고 절대로 가볍게 말해서는 안 될 것만 같은 기분이 든다. 태인은 그 편지들을 표현할 수 있는 적당한 단어를 생각해내느라 잠시 동안 말을 잇지 못했다.

"아 뭔데~ 막 구구절절 눈물의 향연이고 그래?"

그 잠깐을 참지 못하고 남규는 태인을 채근해댄다.

"…굉장히 …숭고해."

짧은 순간 태인이 찾아낸 최선의 표현이었다. 그말에 남규의 눈이 홍미로움으로 번뜩인다.

"편지들 지금 어딨냐? 그 숭고한 정신 나도 좀 느껴보게 줘봐."

태인은 서재로 들어와, 남규에게 자윤의 편지가 들어 있는 상자를 내밀었다.

"이야… 비주얼은 무슨 오래전에 묻어놓은 타임캡슐 같네!"

남규는 지난밤 태인이 편지를 읽었던 소파에 앉아 자윤의 편지를 읽기 시작했고, 태인은 계속 미루어왔던 책 정리를 위해 소매를 걷어올렸다.

두 사람은 한동안 아무 말 없이 각자가 하고 있는 일에 충실했다. 서재는 미색의 편지지를 넘기는 소리와 책 표지 위에 쌓인 먼지를 털어내는 소리, 그리고 이따금 바람이 창문을 흔들고 가는 소리만 들려올 뿐. 도심의 번화가에서는 느껴보지 못했던 적막한 오후가 그렇게 흘러가고 있었다.

태인의 책장은 장르별로, 그리고 작가별로 나름의 규칙 하에 차곡차곡 채워져나갔다. 20년이 넘도록 살았던 아파트를 처분하면서 창고에 있던 책들까지 모두 가지고 온 터라, 이런 책이 있었나 싶을 정도로 낯선 책도 상당했다. 진즉에 버렸어도 됐을 유년기의 책들이 지나가고 '3학년 2반 21번 박태인'이라는 필체가 선명하게 새겨진 고등학교 문학 교과서가 등장했을 땐 헛웃음이 절로 났다. 고등학교를 졸업하면서 교과서는 모두 헌책방에 팔아버렸었는데, 어째서 문학 교과서만 아직도 남아 있는 것인지.

태인은 괜한 상념에 사로잡혀 교과서를 펼쳐본다. 그 시절의 태인이 오직 대학만을 위해 노력했던 흔적들이 교과서 위에 새까맣게 남아 있었다. 형광펜, 빨간펜, 파란펜, 번갈아 써가며 참 열심히도 공부했었구나. 시키는대로.

이제는 유작이 되어버린 한 시인의 시를 눈으로 쓱 한번 훑고 다음 장으로 넘겼을 때, 태인은 짧은 현기증이 일면서 잠시 동안 숨을 쉴 수가 없었다.

정선우 단편소설 「패잔병」

한국소설계의 거목이자, 현대문학의 살아 있는 전설이라 불리는 그의 등단작. 한국전쟁을 배경으로 국군 패잔병이 되어 산속으로 숨어든 '나'가 인민군 탈영병이 되어 산속으로 숨어든 친구 '유담'과 극적인 조우를 하게 되지만, 이내 인민군 정찰병에게 발각될 위기에 처하고 '유담'이 '나'를 지키기 위해 자진하여 인민군의 소굴로 돌아가게 되면서 '나'는 결국 살았다는 내용의 그 소설은, 구순을 앞두고 있는 작가의 실제 경험담이자 떠나는 친구의 마지막 모습을 가장 냉혹하면서도 애잔하게 그려냈다는 평을 받은 작품이었다. 그리고 그 소설은 그해 수능에 출제되면서 일곱 명의 학생들을 자살로 이끌었다. 시험 출제자들이 정해놓은 답을 두고, 정선우 작가가 자신의 작품을 왜곡하지 말라며 항의를 걸었기 때문. 그렇게 문제의 정답이 바뀌면서 1점 2점에 당락이 결정 됐던 상위권 학생들의 희비가 엇갈렸고, 결국 그 사건의 패잔병이 된 학생들 중 일곱 명은 강으로 땅으로 몸을 던졌었다.

서정연.

눈 내린 아파트 화단에 흩뿌려진 꽃잎처럼 싸늘하게 떠나버린 태인의 첫사랑. 그녀.

나는 끝내 패잔병이 되고 말았어.

그녀가 세상에 남긴 마지막 한 줄.

오랫동안 가슴 한구석에서 단단하게 봉인되어 있었던 감정들이 울컥하고 깨어나려던 그때, 우당탕탕탕 하는 소리가 적막한 서재를 흔들었다. 테이블 위에 놓여 있던 편지 상자가 바닥으로 곤두박질치면서 난 소리였다. 테이블 위에 발을 올려놓고 편지를 읽던 남규가 실수로 상자를 친 것이었다. 태인은 터져 나오려던 묵은 감정들을 재빨리 속으로 밀어 넣고 자리에서 일어나 남규에게로 향했다.

"어째 조용하다 했다."

상자 속의 편지는 다 쏟아져 나와 사방으로 흩어져 있었다.

"쏘리."

"많이 읽었냐?"

태인은 흩어진 편지들을 주우며 남규에게 물었다.

"이제 막 2월 28일까지 읽었다!"

"어땠어?"

"뭔가… 빅토리아 시대의 연애편지를 읽는 기분이랄까? 편지 끝마다 당신을 사모하는 구.자.윤. 캬~ 어쩜 이렇게 낭만적이지? 이름도 모르고, 말 한 번 해본 적 없다는 여자를 이렇게까지 좋아할 수가 있을까? 웬만한 감성으로는 하기 힘든 사랑을 하고 있는 사람 같아. 그 시절의 사람들은 다 이렇게 감성적이었을까? 넌 이 남자가 이해가 가냐?"

"…세상엔 그런 사랑도 있는 거지…."

태인은 덤덤하게 내뱉었다.

그렇지. 세상엔 그런 사랑도 있는 거지. 인사도 없이 훌쩍 떠나버린 첫사랑에게서 헤어나오지 못하고 15년이 넘는 시간

동안 연애 불능 상태로 살아온 사람도 있는데 무슨 사랑인들 없으랴. 적어도 그는, 눈으로 볼 수 있고, 코로 향기를 맡을 수 있고, 귀로 목소리를 들을 수 있는 산 사람을 사랑했으니 모름지기 나보단 행복한 사랑을 했을 것이라고 태인은 생각했다. 또한, 자신의 사랑을 이백열일곱 통의 편지 안에 박제시켜 세상에 남겨 놓지 않았던가. 그가 지금 어디에서 어떤 모습으로 있든, 그는 이토록 순수했던 자신의 과거를 후회 없이 사랑하고 있으리라.

고결하게 박제되어 있는 그의 사랑을 순서대로 정리하던 그 때였다.

"와 대박!!!"

남규는 마치 로또를 맞은 사람처럼 흥분해서 소리를 쳤다. 편지 상자 바닥에 숨겨져 있었던 두 장의 흑백사진을 발견한 것이었다.

첫 번째 사진은 대학교 교복을 입은 네 명의 남학생이 막걸리와 파전이 놓여 있는 나무 테이블 앞에서 활짝 웃으며 어깨동무를 하고 찍은 사진이었는데, 오른쪽 끄트머리를 손으로 찢어낸 흔적으로 보아 한 사람이 더 있었던 듯싶었다.

"진짜 옛날 사진이다! 무슨 윤동주 막 이런 사람 사진 보는 것 같아. 이때는 대학생도 교복을 입었지? 이건 어디 교복인가…?"

"연희대. 구자윤도 연희대 학생이었어. 노천극장에서 쓴 편지가 있거든."

"그래? 쩝… 공부 잘했나 보네."

연세대를 가려고 삼수까지 했지만 끝내 가지 못했던 남규는 그 와중에도 질투를 한다. 귀여운 녀석.

"편지에 등장하는 그 친구들이겠지? 문학을 논하네 어쩌네 했던!"

"아마도?"

"재밌다 진짜… 어? 이건 뭐야?"

사진을 흥미롭게 보고 있던 남규의 눈에, 사진 맨 하단에 깨알 같이 쓰여 있는 글자 하나가 밟혔다.

"…천…랑성?"

남규는 미간을 찡그려가며 사진 속 글씨를 힘겹게 읽어냈다.

천랑성. 미처 들어본 적 없는 생경한 단어.

"천랑성이 뭐지? 편지에 천랑성이라는 말 나오냐?"

“아직까진 안 나왔는데… 무슨 뜻이지?”

“뭐 더 읽다 보면 나오겠지! 야, 근데 이 중에 구자윤은 누굴까? 넌 누구일 것 같냐?”

남규의 질문에 태인은 사진을 좀 더 가까이에서 들여다본다.

사진의 맨 왼쪽에 위치한 키 작고 땅딸막한 체구의 사내는 만두를 입에 물고 개구쟁이처럼 웃고 있는 얼굴이 아직 사랑을 제대로 해보지 못한 어린아이처럼 보였고, 그 옆에 맹꽁이 같은 얼굴을 커다란 뿔테안경으로 가려놓은 사내는 학구열로 가득한 모범생 느낌이라 편지를 쓸 시간이면 차라리 책 한 권을 더 읽을 스타일로 보였다.

“난 이 사람 같아!!”

남규는 가장 오른쪽에 있는 사내를 손으로 짚으며 말했다. 그는 유달리 체격도 좋고 잘생긴 얼굴을 가진 사내였다. 사진의 가운데에 위치한 빼빼 마르고 길쭉한 체구에 영 볼품없는 얼굴을 지닌 사내와 바로 붙어 있으니 더욱 비교가 되는 듯했다.

“이렇게 수줍음 많고 소심하게 살기엔, 얼굴이 너무 잘생기지 않았나?”

“야! 이래야 드라마가 되지!! 이렇게 생긴 남자가 한 여인을 향해 구구절절한 순애보를 펼쳐줘야 비로소 진정한 로맨스물이 탄생하는 거라고. 봐봐! 얼마나 잘생겼냐? 요즘 TV에 나오는 애들하고 비교해도 하나도 안 꿀리겠네!"

그랬다. 그는 정말 어느 시대에 태어났어도 손에 꼽히는 미남이었을 얼굴의 소유자였다. 가지런한 치아를 다 드러내고 활짝 웃고 있는 표정에서도, 자신감이 넘쳐 보였고 활기차 보였다. 그래서 태인은 더더욱 그 사람은 구자윤이 아닐 것만 같았다. 태인의 상상 속에서 구자윤 그는, 선이 가늘고 온화한 미소를 가진 사람이었다. 따뜻하고 선한 얼굴, 하지만 눈망울은 언제나 초롱한, 그런 사람이었다. 태인이 상상하는 구자윤은.

"난 여기 잘린 끄트머리에 그가 있었을 것 같아."

그렇게 태인은 자신의 상상 속에 여지를 남겨둔다.

남규가 넘긴 다음 사진 속엔 자신이 찍히는 줄 모르고 있는 한 여인이 있었다. 그녀는 분명 자윤이 사모하는 그녀일 것이었다. 시선은 살짝 떨어진 채 돌아서다 찍힌 듯 옆모습의 그녀는 아주 뛰어난 미인은 아니었다. 낯선 골목에서 우연히 마주친다면 한 번쯤은 돌아볼까 싶은 그런 얼굴.

"이 여자구나! 김치전 파전 막걸리 어쩌고 하는 메뉴판이 뒤로 보이는 걸 보니. 근데… 생각보단 평범한데? 도대체 어느 부분에서 반했다는 거야? 말도 한 번 안 해봤다면서. 이름도 모르는 여자를 향해 이렇게 많은 편지를 남겼길래 난 또 올리비아 핫세 쯤은 되는 줄 알았지."

남규의 미의 기준. 영원한 줄리엣. 올리비아 핫세. 남규가 여자의 외모를 언급할 때마다 빠지지 않고 등장하는 비교 대상이다. 나이 불문, 국적 불문, 남규의 세상 모든 미의 기준은 늘 올리비아 핫세였다. 21세기를 지나 22세기가 와도 그녀만한 미인은 없을 거라면서.

"하긴. 올리비아 핫세 같은 여자가 왜 막걸리 집에서 서빙하고 있었겠어. 누가 데려가도 벌써 데려갔겠지."

남규의 기준에는 크게 못 미치는 인물이겠지만, 자윤에게는 세상 그 어떤 여자보다도 아름다웠을 그녀. 그녀의 이름은 수희였다.

"…수희."

"뭐?"

"이 여자 이름. 수희야. 수희. 이제 나오거든."

태인은 손에 들고 있던 아홉 번째 편지를 남규에게 건넨다.

1950년 3월 15일 수요일 늦은 밤

수희 씨.

드디어 내가 당신의 이름을 불러봅니다.

수희 씨.

그때 나는 상점에 들러 잉크와 노-트 몇 권을 사고

하숙집으로 돌아오던 중이었습니다.

해롤드 레코-드점 앞을 지나고 있는데

마침 가게 안 축음기에서 어느 미국 가수의 째-즈 노래가

흘러나오고 있었지요.

그 남자 가수의 음색이 하도 부드러워

나는 잠시 그 앞에 머물러 있었습니다.

유리창 너머로 레코-드판이 돌아가는 것을 보고 있는데

유리창에 반사된 풍경 속에 당신이 있는 것이 아니겠습니까?

놀란 나는 얼른 뒤돌아보았습니다.

레코-드점 맞은편 정거장에서 당신은

전차를 기다리고 있었지요.

매일 질끈 묶어두었던 머리카락도
웬일인지 정성껏 땋아 내리고,
고운 양장까지 정갈하게 차려입은 모습이
그간 내가 보아왔던 모습과는 너무도 달라
혹, 당신과 닮은 이가 아닐까 싶어, 나는 확인을 위해
길을 건너 당신이 서 있는 정거장으로 갔더랬습니다.
그러고는 멀찍이 떨어져 서서 당신을 유심히 살피었지요.
영락없는 당신이었습니다.
책 한 권을 품에 소중히 끌어안고
전차가 오기만을 기다리고 서 있는 당신이었습니다.
순간 혼이 빠져나갈 듯하였지요.
은은한 분 냄새 풍겨지고, 발그레하게 생기가 돋은 뺨은
이제 막 피어나는 꽃들이 기가 죽어 시들 만큼
어여쁜 모습이었습니다.
나는 마구 뛰는 심장을 달랠 길이 없이
당신을 따라 무작정 전차에 올랐습니다.
내가 귀가 중이었다는 사실도 다 잊고 말입니다.
그렇게 나는 내가 가야 할 곳과 반대 방향으로 달리는

전차 안에서 당신을 한없이 바라보았습니다.

하지만 당신은 이런 나를 전혀 눈치채지 못하였습니다.

당신은 자리에 앉자마자 내내 품 안에 끌어안고 있었던 책을

무릎 위에 올려놓고 읽느라 정신이 없었으니까요.

마가렛 미첼의 바람과 함께 사라지다.

불과 몇 달 전, 내가 읽었던 책을

오늘의 당신이 읽고 있었습니다. 내 눈앞에서 말입니다.

이야기가 매우 흥미롭다는 듯 눈빛은 영롱하게 빛났고

책장을 넘기는 속도는 조금씩 빨라졌습니다.

지금쯤이면 스칼렛이 화려한 드레스를 입기 위해

허리를 졸라매고 있겠구나,

지금쯤이면 스칼렛이 마을 사내들 사이에서

자신의 미모를 과시하고 있겠구나,

당신의 표정을 보면서 나도 당신과 함께 책을 읽는 것 같은

착각에 빠졌었습니다. 여간 설레는 일이 아닐 수가 없었지요.

아마도 오래오래. 어쩌면 죽는 그날까지도

그 순간을 잊지 못할 것만 같았습니다.

전차에서 내려 가게로 향하는 당신을 따라

나는 열 걸음 뒤에서 함께 걸었습니다.

한참을 걷고 있는데,

누군가 내 뒤에서 당신을 향하여 소리쳤지요.

'수희야.'라고 말입니다.

그 소리에 당신은 뒤를 돌아보았고, 당신을 부른 그 여성은

나를 지나쳐 당신을 향해 뛰어갔습니다.

이화여대 교복을 입은 그 여성과 당신은

거리에 서서 제법 오랜 대화를 나누었습니다.

수희야.

그렇게 알게 된 것입니다. 내내 불러보고 싶었던 그 이름을.

당신이 까르르 소리 내며 활짝 웃는 모습도 보았습니다.

정말 내가 알던 당신이 아닌 것만 같았지요.

하지만 가게로 돌아간 당신은 이내 고왔던 옷을 갈아입고

묵묵히 일을 하기 시작했습니다.

다시 내가 알던 여인으로 돌아가서 말입니다.

그제서야 나는 알았습니다.

당신이 얼마나 고독하고 우울한 마음으로 일하고 있었는지를.

얼마나 많은 것을 포기하고 많은 것을 억누르며
살아왔었는지를.
당신은 묵묵한 것이 아니라
가슴속으로 한결같이 울고 있었던 것임을.
나는 오늘에서야 알게 된 것입니다.
해가 지고 달이 높게 떠오를 때까지
나는 당신의 가게 맞은편에 서서
정처 없이 당신을 보고 있었습니다.
마지막 손님이 나가고 가게 불이 꺼지고 나서야
나는 발길을 돌릴 수 있었습니다.
그리고 하숙집으로 돌아오는 내내
차마 발길을 뗄 수 없게 했던 당신의 얼굴을 떠올리며
나는 울었습니다.
소매가 축축하게 다 젖을 때까지 나는 울었습니다.
마냥 곱다고만 생각했던 그 얼굴이
얼마나 삭연한 얼굴이었는지 미처 헤아리지 못했던
나의 무심함에 눈물이 쏟아지고,
다 알고 나서도 아무것도 해줄 수 없는 나의 무능함에

또 한 번 눈물이 쏟아졌습니다.

그 와중에 당신의 이름을 알았고,

당신의 웃는 얼굴을 보았다는 기쁨은 눈치 없이 솟아나서

그마저도 눈물로 쏟아냈습니다.

당분간은 죄스러운 마음에 당신을 보러 가지 못할 듯합니다.

당신을 사모하는 구 자 윤

자윤의 편지 2

1950년 3월 19일 일요일 새벽

새벽 3시가 지나가고 있습니다.

요즘은 상념이 많아 깊은 잠에 들지를 못하고 있습니다.

잠깐 자고, 깨고, 다시 잠들고, 이내 깨고.

이런 밤들을 보내고 있지요.

내 머리말엔 늘 당신이 앉아 계십니다.

늘 고운 모습으로 앉아 계십니다.

그 모습이 자꾸만 그리워,

기어이 나는 잠에서 깨어나는가 봅니다.

나는 당신을 본 그날 이후,

바람과 함께 사라지다를 다시 읽고 있습니다.

처음 읽었을 때와는 또 다른 느낌입니다.

읽을 때마다 새로 얻어지는 것이 있는 것을 보면

능히, 명작은 명작인가 봅니다.

만일 내가 시가 아니라 소설을 쓰는 이였다면,

내 소설의 주인공은 여지없이 당신이었겠지요.

내 소설 속에서 당신은, 스칼렛 오하라보다 훨씬 아름답고

강인한 여성이 되어 세상을 품에 안았을 것입니다.

꿈꾸는 모든 것을 이루어내는 위대한 여성이었을 것입니다.

훗날, 나에게도 소설가의 상상력이 피어나게 되거든

반드시 당신을 위한 소설을 쓰겠습니다.

그 전까지는, 당신이 소설만큼이나

시도 사랑하기를 바랄 수밖에요.

어느 날 길 위에서 또 우리가 우연히 마주치는 날이 오거든,

그때엔 부디 당신의 품에 시집이 안겨 있기를.

그 시집 한쪽에 나의 시가 적혀 있기를. 나는 바랍니다.

당신을 사모하는 구 자 윤

1950년 3월 25일 토요일 늦은 밤

오늘은 난생처음 클-래식 연주를 보고 왔습니다.
두효가 학교 선배에게서 초대권을 받았다며
시공관에서 열린 서울교향악단의 정기연주회에
나를 데려가주었지요.
극장에서 영화는 몇 번 본 적 있었으나,
값비싼 음악연주회는 처음이라 많이 떨렸습니다.
보통 그런 공연에는 예를 갖춰 좋은 양복을 입고
한껏 멋을 내고 가야 하는 거라 들었는데,
우리에겐 가장 멋을 낼 수 있는 옷이 교복밖에 없어
그리 입고 다녀왔지요.
7시 공연을 보기 위해 이른 저녁을 먹고 집을 나서
극장 앞에 도착하였는데, 고급 자동차에서 화려한 옷차림의
귀부인과 신사들이 내리는 통에
두효와 나는 괜한 긴장을 안 할 수가 없었습니다.
극장에 들어서니 교복 차림의 관객은 우리 둘뿐이어서
오히려 시선이 집중되는 기분이었지요.

우린 당당하게 굴자며 서로를 다독였습니다.
충청도 촌놈의 티는 이럴 때 나는가 봅니다.
금일 연주회의 주제는 독일의 음악가 베에토오벤이었습니다.
그의 교향곡 제6번 전원과 피아노 협주곡 3번
그리고 레오노오레 서곡이 연주되었는데
미처 경험해본 적 없는 감격이었습니다.
도무지 말로는 다 표현할 수가 없지요.
연주를 듣는 내내 나는 녹음이 푸르른 숲에
홀로 앉아 있는 기분이었습니다.
사람들이 말하는 천국이란
이런 모습을 하고 있을까 싶었지요.
그들의 대단한 능력에 나는 박수를 아끼지 않고 보냈습니다.
그 악단을 이끈 지휘자 김생려와
피아노 협주곡을 연주한 피아니스트 이인형의 모습에서
나는 진정한 예술가의 참모습을 보았습니다.
쉬이 잊히지 않을 감동을 나는 서둘러 당신에게 전달하기 위해
집으로 돌아오자마자 이렇게 편지를 씁니다.
훗날, 이런 공연을 망설임 없이 보려면

나는 몇 편의 시를 써내야 할까요?

예술적인 삶을 영위하기 위해서라도

나는 좀 더 부지런해져야 할 것 같습니다.

당신을 사모하는 구 자 윤

1950년 4월 16일 일요일 저녁

우리 하숙집 앞마당에 벚꽃이 만개하였습니다.
바람도 전과 다르게 따뜻하고, 공기도 달큰한 것이
비로소 봄날이 온 것 같습니다.
마음에도 포근한 미풍이 일어,
글을 쓰는 벗들과 함께 창경원으로 소풍을 다녀왔습니다.
상춘객들이 넘쳐나는 창경원은
그야말로 벚꽃 동산이 따로 없었습니다.
우리 하숙집 앞마당과는 견줄 수도 없을 만큼
벚꽃의 향연이었지요.
온 세상이 하얗게 피어오른 듯,
구름 위를 거닐고 온 기분이었습니다.
매 순간이 이러하다면 하루에도 몇 편씩
작품을 써낼 수 있겠다며 벗들과 나는 즐거워하였지요.
이런 날이 오래오래 지속된다면 얼마나 좋을까요.
허나, 그렇지 아니하기에 더욱 귀함을 느끼는 것이겠지요.
본디 귀한 것은 늘, 곁에 오래 머물지 않으니 말입니다.

잡힐 듯 잡히지 않고, 머물 듯 머물지 않으며,

실컷 취하게 만들고 정신 차려보면

이내 사라져버리고 없는 그러한 것들.

그런 아쉬움들이 우리를 더욱

단단하게 다져주는 것은 아닐까 생각해봅니다.

나의 청춘은 멀어져가도,

당신만큼은 늘 내가 갈 수 있는 그곳에 머물러 있기를.

당신을 사모하는 구 자 윤

1950년 4월 21일 금요일 늦은 밤

한 달하고도 엿새 만에 당신의 가게를 찾았습니다.
간만에 술 한잔 기울이자며 보채는 벗들의 성화에
하는 수 없이 따르는 모양새였으나,
사실 나만큼이나 당신의 가게가 그리운 사람이 또 있을까요.
지난날의 죄스러움은
견디기 힘든 그리움으로 밀어낸 지 오래입니다.
그렇다 하여도 당신의 얼굴을 예전과 같이 편한 마음으로
볼 수 없는 것은 어찌할 수 없는 일이겠지요.
이 마음을 무겁게 누르는 송구함 역시
愛心에서 비롯된 것이니,
또한 내가 어찌할 방도는 없어 보입니다.
아무튼 그간 무척이나 보고 싶었습니다.
차마 다 표현할 수 없을 만큼.

당신을 사모하는 구 자 윤

1950년 5월 4일 목요일 아침

오늘은 무척이나 이른 시간에 잠에서 깨어났습니다.
동이 틀 무렵이었는데, 처마 끝에 후두둑하고 맺히는
빗방울 소리에 절로 눈이 뜨여
새벽 소낙비가 그치고 세상이 온전하게 환해지는 순간까지
나는 마루에 앉아서 가만히 감상을 하였습니다.
너무 안개비도, 너무 억수비도 아닌,
오늘처럼 잔물결 같은 비가 촉촉하게 대지를 적시는 소리는
언제 들어도 마음이 청명해지는 것 같아 늘상 반갑습니다.
길은 명상을 하고 일어난 듯 개운한 아침입니다.
하루의 시작이 좋으니
오늘은 뭐든지 가뿐하게 해낼 수 있을 것 같습니다.
당신도 그러하길, 부디 바라며.

당신을 사모하는 구 자 윤

1950년 5월 16일 화요일 오후

늦은 점심을 먹고 학교 안 노천극장 계단에 앉아
당신에게 편지를 씁니다.
들녘에 퍼져 있는 꽃향기와 부드러운 바람결이
마음을 포근하게 어루만져줍니다.
매일 하숙방 작은 외등 아래서만 편지를 쓰다가
이렇게 야외에서 편지를 쓰니 기분이 사뭇 새로운 것이
종이에 적혀나가는 글씨들이 모두 꽃씨가 되어
당신이 있는 곳으로 날아갈 것만 같습니다.
앞으로 종종 야외로 나와 편지를 쓰도록 해야겠습니다.
요즘 나와 벗들은 내주에 있을 문학의 밤 행사로
부쩍 바쁜 나날을 보내고 있습니다.
특별히 올해는 이화여대 학생들과 함께 진행하는 행사라
벗들이 모두 들떠 있지요.
다들 발표할 작품 준비와 기말시험은 뒷전에 두고
그저 여학생들과 다방에서 커피 마시고 극장도 다니며
교제할 생각으로 부풀어만 있습니다.

청춘의 낭만은 그런 것이라면서 말입니다.
그 모습들을 보고 있으면 꼭 소풍날 기다리는
어린아이들마냥 귀엽기 그지없습니다.
허나, 나는 별로 마음이 동하지도 관심이 생기지도 않습니다.
아마도 마음에 품은 여인에게 이렇게 편지를 쓰면서
나의 일상을 나누는 일이
훨씬 낭만적인 청춘이라 여기는 까닭이겠지요.
이 사실을 알 턱이 없는 벗들은 나더러 낭만도 모르는
고리타분한 영감쟁이라며 놀려댑니다. 그저 웃을 수밖에요.
나는 문학의 밤 행사에서 자작시 한 편을 발표해야 합니다.
매일 시작 노-트를 머리맡에 두고 살면서도
누군가에게 보여주어야 할 시를 써낸다는 건
그저 어렵기만 합니다.
그럴듯한 한 문장을 완성하기 위해서는
수십 줄의 문장을 썼다 지우기를 반복해야 하지요.
그렇게 공들여 간신히 마침표를 찍은 시도,
다음 날 새로운 정신 새로운 마음으로 다시 읽어보면
영 탐탁지가 않아 도로 찢어버리는 일이 부지기수입니다.

허나, 그런 과정을 거쳐 마침내 살아남은 시를 보고 있노라면

진한 카타르시스가 혈관까지 잠식해버리는

기이한 경험을 하게 됩니다. 전율이지요.

마치 새로운 인생으로 다시 태어나는 기분입니다.

이러니 내가 시를 놓을 수가 있을까요. 안 될 말이지요.

죽는 날까지 시인으로 살고,

나를 아는 모든 이가 죽는 날까지 나를

시인으로 기억하여주는 삶을 살아낼 수만 있다면,

나는 저승에서 천국을 보지 못한다 하여도

슬프지 않을 것입니다.

이미 이승에서 천국을 경험한 셈이니 말입니다.

문학의 밤에 발표할 시가 완성되거든

가장 먼저 당신에게 보여드리겠습니다.

직접 읽어보진 못할 테지만

그래도 가장 먼저 편지로 전하겠습니다.

내 마음속에 첫 독자는 언제나 당신이니까요.

당신을 사모하는 구 자 윤

1950년 5월 24일 수요일 오후

오늘은 문학의 밤 행사가 있는 날입니다.

몇 날을 지새우며 씨름하다 겨우 새벽녘에 이르러서야

발표할 시를 완성할 수 있었습니다.

마침표를 찍고 나니 내내 참았던 졸음이 훅 밀려와

기절할 듯 잠이 들었으나 이내 깨어 오전 강의를 듣고 왔지요.

점심도 거른 채 하숙방에서 짧게 눈을 붙이고

조금 전에야 일어났습니다.

약속대로 나의 시를 당신에게 가장 먼저 올리겠습니다.

지금 당장 당신이 보는 것도 아닌데

괜스레 얼굴이 빨개지려 합니다.

당신은 나의 시를 어떤 표정으로 보아줄까요.

아직 제목은 짓지 못하였습니다.

어떤 제목을 붙일지는 학교로 가는 동안 생각해보려 합니다.

초파일이라 거리마다 연등이 빛나고 있습니다.

밤꽃이 핀 것마냥 어여쁜 그 길을 나는 혼자 걸어야 합니다.

부디, 다음 초파일이 돌아오거든

그때는 당신과 함께 연등 길을 걸을 수 있게 되기를

소망하여봅니다.

당신을 사모하는 구 자 윤

1950년 6월 12일 월요일 밤

오늘은 하루 종일 비가 내렸습니다.
아마도 여름의 시작을 알리는 비가 아닐까 싶습니다.
이 비가 그치고 나면 곧 후끈한 더위가 찾아올 테지요.
본래 나는 더위를 좋아하지 않아 여름을 반기지는 않는데,
이번 여름은 조금 반갑습니다.
더위 핑계를 대고, 시원한 막걸리를 마시기 위해 벗들과
당신의 가게를 자주 드나들 수 있을 것 같기 때문입니다.
그렇게 자주 당신과 마주하게 되면,
당신도 한 번은 내 얼굴을 바로 봐주지 않을까요.
그러다 보면 매번 당신 앞에서 팔푼이마냥 얼어붙는 나도
녹는 날이 오겠지요.
그날이 너무 늦게 올까 봐 다소 걱정이지만,
설마하니 아주 안 오지는 않겠지요.

당신을 사모하는 구 자 윤

방공호

인아.

정연은 늘 태인을 그렇게 불렀었다.

그리고 그 소리를 들을 때마다 태인은 온몸에 비늘이 돋는 것 같은 쑥스러움으로 어깨를 움츠리곤 했었다. 모두가 그를 태인이라고 부르는데 왜 정연은 혼자 그의 이름을 끝 자만 떼어 불렀었는지. 그냥 그렇게 부르면 기분이 좋아져서 그런다고 정연은 말했었다. '인'이라는 단어가 왠지 따뜻하다나? 부르기만 해도 그에게 안겨 있는 기분이 든다고. 애정 표현이 서툴고 성격이 살갑지 못했던 태인에게 '나 좀 안아줄래?'라는 말을 그렇게 에둘러 했던 거라는 걸 그는 그녀가 죽고 나서야 깨달았었다.

1등급이었던 수능 성적표가 정답이 바뀐 한 문제로 인하여 2등급으로 떨어지던 그날, 옥상으로 올라가는 엘리베이터 안에서 정연은 무슨 생각을 하고 있었을까. 엘리베이터에서 내려 옥상 문을 열고 뛰어내리기까지 CCTV에 찍힌 정연의 모습엔 그 어떤 망설임이나 주저함도 없었다. 너무도 가볍게, 너무도 사뿐히, 마치 디딤돌을 밟듯이 그녀는 허공을 향해 한 발을 내디뎠을 뿐이었다. 그렇게 옥상에서 단호하게 사라진 정연은 아파트 화단을 빨갛게 적시며 누워 있었다. 사방에 흩뿌려진 정연의 피는, 아침부터 내려 소복하게 쌓인 하얀 눈 위에 꽃잎처럼 아름답게 펼쳐져 있었고 태인은 그 모습을 발견한 최초의 목격자가 되었다, 하필. 수능 정답 번복이라는 유례없는 사태로 인해 실의에 빠졌을 정연을 위로하고자 그녀의 집으로 향하고 있던 그를, 정연은 너무도 아프게 마중 나와 있었던 것이다. 내가 10분만 일찍 도착했어도 네가 이런 모습으로 날 마중하고 있었을까. 구급차가 오기를 기다리면서 태인은, 죽어 있는 정연을 앞에 두고 자신들의 시작을 떠올려보았다.

열일곱 살. 유난히도 햇살이 강했던 교실 안 창가 옆자리. 반 아이들은 모두 체육 수업을 위해 운동장에 나가 있었고, 빈 교실에는 주번이었던 태인과 몸이 안 좋아서 수업을 빠진 정연, 둘만 남아 있었다. 자리에 앉아서 독일인의 사랑을 읽고 있던 태인에게 정연은 다가와서 말했다.

"잠깐 자리 좀 내주면 안 돼? 네 자리가 볕이 잘 들어서 따뜻할 것 같아."

그것이 그들의 첫 대화였다. 같은 반이었음에도 불구하고 딱히 어울릴 일이 없었던 맨 앞자리 여학생과 맨 뒷자리 남학생은 그렇게 처음으로 서로를 마주했었다.

태인은 의자를 내어주는 것으로 대답을 대신했고, 정연은 생글생글 웃으며 그의 자리에 앉아 쿠션을 베고 엎드린 채 눈을 감았다. 옆자리로 옮겨 앉아 계속 책을 읽던 태인은 어느 순간부터인가 책이 아닌, 정연의 얼굴을 바라보았다. 유난히도 하얀 피부에 귀밑까지 오는 짧은 단발머리를 한 정연은 쌔근쌔근 숨소리를 내며 아이처럼 잠들어 있었다. 태인이 이성을 보면서 예쁘다는 생각을 했던 건 그때가 처음이었을 거다.

그렇게 한참 동안을 넋 놓고 감상하는데 갑자기 정연이, 쌍꺼풀 곡선이 아름답게 그려진 눈을 뜨고 태인을 쳐다보았다. 순간, 그는 흠칫 놀랐지만 그 시선을 애써 피하지는 않았다.

"왜 그렇게 봐?"

"…몰라. 나도 모르게 그냥 보고 있었어."

"난 서정연이야."

"알아, 네 이름은."

"그래? 한 번도 불러준 적이 없어서 모르고 있는 줄 알았지 난."

"이름을 부를 일은 없었으니까."

"앞으로 종종 불러주면 안 돼?"

"…왜?"

"난 네 목소리 좋아하거든. 그 목소리로 내 이름 불러주면 기분이 좋을 것 같아."

그녀의 예상치 못한 대답에 태인은 아무말도 못하고 그저 바라보고만 있었다. 정연은 그런 태인을 보며 입가에 옅은 미소를 씨익 지어 보이고는 다시 눈을 감았다.

두 사람이 본격적으로 교제를 시작하게 된 건 그로부터 일

년이 흐른 뒤였다. 그 일 년 동안 태인이 정연의 이름을 부른 건 정확하게 열두 번이었다고 그녀는 말했었다. 태인이 자신의 이름을 불러주는 것이 너무 좋아, 매번 다이어리에 기록을 했다고. 정연은 늘 그렇게 솔직하게 자신의 감정을 표현했었다.

물론, 태인은 그러질 못했다. 많은 커플이 학교 안에서 다정하게 손을 잡고 다니거나 운동장 어느 한편에서 몰래 입을 맞추곤 할 때도 태인과 정연은 그저 나란히 서서 걷기만 했었다. 가끔씩 정연이 태인의 팔꿈치 옷자락을 손끝으로 살포시 잡을 때도 있었으나, 그는 차마 그 여린 손을 자신의 투박한 손으로 감싸 쥐고 교복 주머니 안으로 찔러 넣는 다정함 따위를 부릴 배포가 못됐었다. 학교 안에서 공개적으로 연애를 한다는 것은 다른 학생들에게 놀림거리와 구경거리를 제공해주는 거밖에 안 된다는, 쓸데없는 착각에 빠져 있을 때였다. 열여덟의 태인은 그랬었다.

자고 갈래?

그가 정연에게 할 수 있는 최대한의 애정 표현이었다.

부모님이 동시에 해외 출장을 가시는 날이 되면 정연은 밤 늦게까지 태인의 집에서 머무르곤 했는데 그럴 때면 한 번씩 '자고갈래?'라고 그는 물었었다. 그럼 정연은 항상 '그랬으면 좋겠어?'라고 되물었고, 태인은 대답 대신 그녀를 지긋이 바라보기만 했었다. 정연은 집에 전화해 같은 반 여자 친구의 이름을 대며 그 친구네 집에서 공부하다가 자고 가겠다는 거짓말을 하고 태인의 침대에 누웠었다. 태인이 쓰던 비누로 세수를 하고, 태인이 입던 옷으로 갈아입고, 태인이 베고 자는 베개를 베고, 태인이 덮는 이불을 함께 덮으며 정연은 그의 옆에 누웠었다. 그들은 조심스럽게 포개놓은 손을 만지작거리며 아무 말 없이 오랫동안 서로를 바라보고 누워만 있었다. 어둠 속에서도 정연의 눈은 별처럼 반짝였었다. 태인은 그 눈을 보는 것이 좋아 그녀를 끌어안지도, 그녀의 품으로 파고들지도 않았었다. 괜히 어른 흉내를 내보겠다며 그녀의 몸 어딘가를 만진다거나 어떠한 행위를 시도하려 들지도 않았었다. 물론, 그러고 싶은 마음이 아주 없었던 것은 아니지만, 어른이 되기도 전에 어른의 사랑을 다 해버리고 나면 정작 어른이 되었을 때 그들이 사랑을 나눌 수 있는 새로운 시도가 없어진다는 것이 그는 싫었다. 지금은 여기까지만. 다음 단계는 어른의 삶에 대한 기대와 설렘을 위해 남겨두자. 둘은 딱 그 나이에 맞는 가장 순결하면서도 아름다운 사랑을 하고 있었다. 만일 그때, 정연은 끝내 어른이 안 될 것이고, 어른의 삶이라고 해서 크게 별 볼 일 있어지는 게 아니라는 것을 그들이 알았더라면 그 침대 위에서 두 사람의 선택은 달라졌을까?

…그렇진 않았을 것이다. 자신들의 미래를 미리 알았다고 해도, 태인은 아무것도 하지 않고 오직 정연의 눈만 하염없이 바라보는 데 주저하지 않았을 것이다. 그 눈 속에 펼쳐진 광활한 우주 대신에 영글지 않은 젖가슴을 선택하는 바보 같은 일 따윈 하지 않았을 것이다. 태인이라면.

열아홉의 정연은 처음 태인의 책상에 엎드려 잠들었었던 열일곱의 모습 그대로, 아파트 화단에 누워 그에게 이별을 고하고 있었다. 그 흔한 마지막 인사도 없이.

그녀는 아직도 한 번씩 태인의 침대로 찾아와 우주가 담긴 눈으로, 새벽이 올 때까지 잠든 그를 말없이 바라보다 사라지곤 한다. 현실 속의 그는 깊은 잠에 빠져 있지만, 꿈속의 그는 또렷한 정신으로 그녀와 손을 잡고 눈을 맞춘다.

나는 어느덧 서른을 훌쩍 넘긴 나이가 되었는데,

너는 여전히 열아홉이구나.

너는 여전히 예쁘구나.

너는 여전히…

날 두고 떠나버리는구나….

태인은 면도날에 심장을 베인 듯이 아프게 깨어났다.

새벽 4시. 아직 주위는 새까맣게 잠들어 있었다. 굵은 땀방울 한 줄기가 귓불을 타고 차갑게 흘러내렸다. 이미 수백 번, 수천 번도 더 꾼 꿈이었는데, 늘 소스라치게 깨어나는 태인이다. 아마 나는 죽을 때까지 이 꿈에서 벗어나지 못할 것이다. 어쩌면 이 꿈을 꾸다가 꿈처럼 죽어갈지도 모르겠다, 하고 그는 생각한다. 어쩌면, 그러길 바라는 것일지도.

그의 측은한 몸뚱어리는 한참 동안을 침대 끝에 가만히 앉아만 있었다. 일정한 간격으로 울려대는 그의 숨소리만이 고적한 방 안을 채울 뿐이다.

얼마나 흘렀을까. 시곗바늘 째깍이는 소리가 또렷해질 때쯤 태인은 천천히 일어나 방문을 열고 나갔다. 남규의 방에서는 우렁찬 코골이 소리가 들려오고 있었다. 주방에서 뇌가 시릴 만큼 차가운 물을 입안에 벌컥벌컥 쏟아 넣고 난 태인은, 몽유병 환자 같은 걸음걸이를 하며 서재로 향했다. 서재 테이블 위에는 남규가 읽고 난 자윤의 편지가 펼쳐져 있었다. 1950년 6월 20일 화요일 저녁에 쓰인. 자윤의 마지막 평화가 담겨 있는 편지였다.

1950년 6월 20일 화요일 저녁

부쩍 날이 더워졌습니다.
입교를 하기 위해 집을 나서면 효자동 초입에서부터
땀이 콧잔등 위로 송골송골 맺혀옵니다.
가제 수건으로 연신 땀을 닦아내다 보면
어느새 강의실에 도착해 있지요.
얼음 빙수나 아이스께끼 없이는 못 견딜 날들입니다.
허나, 덥다 하여 찬 음식을 마구 먹었다간
큰일을 치를 수 있으니 각별히 조심하여야 합니다.
옆방 두효는 연이은 날 동안 얼음 빙수를
대접째 입속으로 들이붓더니 기어이 탈이 나고 말아,
요 며칠 심한 배앓이를 해야 했지요.
볼살이 홀쭉해지고 눈이 퀭하니 커진 것이
오장육부는 뒤집어졌어도 얼굴은 더욱 미남이 되었다며
좋아하는 모습을 보면서 여간 웃은 것이 아닙니다.
이토록 긍정적일 수 있다니, 하며 감탄도 하였지요.
금주 일요일, 나는 벗들과 함께

한강으로 물놀이를 갈 예정입니다.

나는 수영을 할 줄 모르니

가서 발만 담그고 오겠다 하였더니 벗들이 저마다

나의 선생이 되어주겠다며 한껏 들떠 있습니다.

그 모습들을 보니 나도 괜히 설렙니다.

물놀이가 끝나고 저녁때 당신의 가게에서

막걸리 한 사발 시원하게 하고 가자 해야겠습니다.

얼른 일요일이 왔으면 좋겠습니다.

부디 비는 오지 않아야 할 텐데요.

당신을 사모하는 구 자 윤

짧은 편지를 읽고 난 후, 태인은 마당으로 나왔다.

잠들어 있던 많은 것들이 서서히 깨어나는 듯 새벽녘의 푸른빛이 대지를 물들이고 있었다. 공기의 온도가 제법 낮아짐을 느낀다. 방심하는 사이 또 겨울이 휘몰아쳐 오겠지. 태인은 얼키설키 짜인 니트 카디건을 여미며 방공호 앞에 멈춘다. 그러고는 한참을 망설이다 그곳을 아슬아슬하게 덮고 있던 삼나무 뚜껑을 천천히 열었다. 방공호 안은 당장에라도 무엇인가가 튀어나올 만큼 어둡고 음침했다. 태인은 방공호 안으로 발을 내디뎠다. 그리고 천천히 몸을 숙여 방공호 안으로의 진입을 시도했다. 몸을 새우처럼 굽히고 나서야 그는 완벽하게 그 안으로 들어갈 수가 있었다. 그곳은 매우 좁고, 캄캄했으며, 땅속에서 올라오는 한기에 뼈 마디마디가 시려올 정도였다. 도무지 누워 있는 거 말고는 아무것도 할 수 없는 공간이다. 도대체 구자윤 그는, 어떻게 이 안에서 그 많은 편지를 쓸 수 있었을까. 이로써 구자윤은 체구가 왜소한 사람이라는 것만은 분명해진 셈이다.

태인은 온몸을 비틀어가며 힘겹게 방공호에서 탈출해 사방에 묻은 흙가루를 털어냈다. 그러고 있자니 문득 궁금해진다.

과연 구자윤 그는, 숨만 쉬고 있기도 벅찬 저 공간 속에서 어떤 편지들을 남겼을까.

사실, 6월 20일 편지를 끝으로 태인은 그의 편지 읽는 것을 중단하고 있었다. 시간이 없어서도 아니었고 편지에 흥미를 잃어서도 아니었다. 차마, 읽을 엄두가 나지 않아서였다. 그가 친구들과 물놀이를 가기 위해 그토록 기다리던 일요일에 어떤 일이 벌어질지 이미 나는 알고 있으니까. 그것이 얼마나 참혹한 결과물을 남겼는지도 이미 나는 알고 있으니까. 친구들과 한강 물놀이를 즐겁게 끝내고 사랑하는 여인이 있는 전집에서 막걸리 한 사발 시원하게 들이켤 행복감에 젖어 있는 그를. 내가 그날의 편지를 열어봄과 동시에 처참하게 깨뜨리는 것이 될까 봐. 한국전쟁이 아니라 내가. 마치 내가, 그의 마지막 평화를 짓밟는 것이 될까 봐. 그 순수한 남자의 설렘과 행복을 지켜주고 싶은 기분에 태인은 쉽사리 열어볼 수가 없던 편지들이었다.

어떤 의미에서 태인은 용기가 필요했다. 그리고 그 용기라는 것은 오랫동안 숨어서 모습을 드러내지 않고 있다가 어느 날 갑자기 별거 아닌 일을 계기 삼아 깨어나기도 한다. 저 을씨년

스러운 방공호에서 나와 온몸에 묻은 흙을 털어내던 그 순간이 바로 태인에겐 용기가 깨어나는 순간이었다. 방공호 곳곳에 스며 있던 자윤의 숨결이, 자윤의 혼이, 자윤의 사랑이, 태인을 깨어나게 한 것이다.

그는 성큼성큼 걸어 안채로 돌아왔다. 케냐 원두로 내린 커피를 텀블러에 담아 들고 서재로 가서 망설임 없이 1950년 6월 25일의 편지를 집어 든다. 창밖으로는 동이 터오르고 있었다.

자윤의 편지 3

1950년 6월 25일 일요일 밤

뜻하지 않게 뒤숭숭한 일요일입니다.
분명 아침에 눈을 떴을 때만 해도
나는 무척이나 평안하였습니다.
늦은 아침을 먹고 예정대로 한강 물놀이를 가기 위해
벗들과 만나기로 한 종로로 향하였지요.
비도 오지 않고 화창한 날씨라 다행이라며
나는 들뜬 걸음을 재촉했었습니다.
지프차를 타고 거리를 돌며 휴가 나온 군인들은

속히 귀대하라는 헌병들의 가두방송을 듣고서야
새벽에 3·8선이 뚫렸다는 것을 알 수 있었습니다.
나와 벗들은 순간 긴장감에 휩싸여,
사람들이 몰려 있는 해롤드 레코-드점 앞으로 달려갔지요.
북한군이 쳐들어왔지만,
국군이 용맹하게 적들을 섬멸하고 있으니
절대 불안에 떨거나 동요하지 말라는
이승만 대통령의 라디오 방송을 듣고서야
우린 조금 안심할 수 있었습니다.
3·8선은 늘상 크고 작은 충돌이 일어나던 곳이 아니겠습니까.
이번에도 그런 것이겠지요.
다만, 위에서 밀고 내려온 규모가
예전보단 큰 듯하여 그것이 조금 걱정이 듭니다.
결국, 나와 벗들은 물놀이를 취소하고 일찍이 귀가하였습니다.
집으로 돌아오니 하숙집 어머니께서,
혹시 모르니 상점에 다녀와야겠다고 하시어
나는 하숙집 어머니를 따라 상점에 가서
이것저것 식료품들을 잔뜩 사왔습니다.

곳간을 한가득 채워놓고 나서야 하숙집 어머니께서는
마음이 놓이시는 듯 숨을 고르셨지요.
저녁을 먹고 당신의 가게에 다녀올까 싶어 일어섰더니
하숙집 어머니께서 흉흉한 밤에 어딜 나가느냐며
극구 말리시고 대문을 걸어 잠그시는 바람에
하는 수 없이 이렇게 편지로 걱정을 대신합니다.
별일 없겠지요. 큰일 아니겠지요.

당신을 사모하는 구 자 윤

1950년 6월 26일 월요일 늦은 밤

밤새 조바심으로 잠도 제대로 못 자고
아침을 먹는 둥 마는 둥 하며
두효와 나는 일찍이 각자의 학교로 달려갔습니다.
거리에는 괴뢰군의 불법남침을 알리는 호외가 날아다녔고
인민군이 의정부 방면으로 쳐들어오고 있다는
소식을 듣게 되었습니다.
오전 11시부터 노천극장에서 전교생을 대상으로 한
함석헌 선생의 강연회가 있었는데,
강연을 듣는 도중에도 인민군의 전투기가 요란한 소리를 내며
상공을 날아다녀 정신이 하나도 없었습니다.
라디오에서는 국군이 맹렬하게 인민군을 물리치고 있으며
어떤 순간이 와도 서울은 반드시 지켜낼 것이니
걱정하지 말고 자리를 지키라는 방송만 연신 나오고 있는데,
그 말을 굳건히 믿고 있다가도
거리 여기저기에서 나타나는 국군 패잔병들을 보면
한 번씩 가슴이 요동을 쳐댑니다.

그래도 설마하니 이곳은 서울인데,

국군이 서울은 반드시 사수해낼 테지 일단은 믿어야겠지요.

학교를 마치고 나는 곧바로 당신의 가게로 달려갔습니다.

하지만 당신의 가게는 굳게 닫혀 있었습니다.

문에 커다란 자물쇠가 채워져 있었지요.

속히 피난길에 오른 것인지 아니면 추이를 지켜보고

다시 가게를 열 요량인지 알 수가 없어 답답함이 밀려옵니다.

설마 이대로 영영 다시 못 보게 되는 것은 아니겠지요?

간간이 들려오는 포성이

머리털을 쭈뼛쭈뼛 세우는 밤입니다.

당신을 사모하는 구 자 윤

1950년 6월 27일 화요일 저녁

학교에 휴교령이 내려졌습니다.
하루 이틀이면 잠잠해질 줄 알았던 일이 결국,
큰 전쟁의 서막이었음을 깨닫고 나서야
뒤늦게 심장이 쿵 내려앉았습니다.
역시, 국군 패잔병의 수가 늘어가는 것은
예삿일이 아니었던 게지요.
나와 벗들은 이 사태를 어찌해야 할지 서로 모여
논의를 하였는데, 이 시기에 젊은 우리가 할 수 있는 일은
그리 많지 않아 보였습니다.
머리 싸매며 대책이랍시고 세운다 한들 결국, 입대 아니면
피란길에 올라 고향에 계신 부모님 곁을 지키는 것,
둘 중 하나인 것이지요.
나의 절친한 벗은 고민할 것도 없이
국군으로 입대를 하겠다고 나섰습니다.
우린 입대를 하든 피란길에 오르든
어디서든 살아서 꼭 다시 만나자며 손을 맞잡았지요.

그렇게 벗들과 헤어진 나는 바로 당신의 가게로 향하였습니다.
어제와 마찬가지로 당신의 가게는 굳게 닫혀 있었습니다.
차라리 당신이 일찌감치 사태를 파악하고
남쪽으로 피란을 가버린 거면 좋겠다는 생각이 듭니다.
어찌 되었든 이곳보단 안전할 테니까요.
하숙집으로 돌아오니, 하숙집 어머니께서
안 쓰는 외양간 아래에 방공호를 파고 계셨습니다.
정말 이대로 서울이 인민군의 손에 들어가기라도 한다면
제일 먼저 위험해질 사람은 아무래도 대학생인 나와
두효일 거라며, 언제든 숨어들 수 있도록
미리 준비를 해두어야 한다고 말입니다.
내가 학교에 간 사이 아버지께서 보내신 고향 분이
하숙집에 들러 편지 한 통과 몇 달 치의 하숙비를
전달하고 가셨다고 합니다.
아버지께서는 편지에 괜히 함부로 움직여
위험을 자초하지 말고 얌전히 하숙방에 숨어 있으라
적어놓으셨습니다.
설마하니 대동아전쟁 때도 포탄 하나 안 떨어지고

멀쩡했던 서울인데 이번이라고 다르겠냐며 말입니다.

하숙집 어머니께서도 포탄보다 무서운 것이 사람이라며,

학교 사람도 누구도 아무도 만나지 말고

얌전히 집에만 있으라 신신당부를 하셨습니다.

이로써 나의 길은 입대도 피란도 아닌

은신으로 정해진 것 같습니다.

허나, 이 선택이 과연 옳은 선택인지는

아직 잘 모르겠습니다.

그저 이 전쟁이 오래가지 않기를 바랄 뿐입니다.

당신을 사모하는 구 자 윤

1950년 6월 28일 수요일 새벽

해 질 무렵부터 내리기 시작한 빗줄기가 제법 굵어졌습니다.
보통 같으면 한창 숙면을 취하고 있을 시간인데,
도통 잠이 오질 않아 다시 또 펜을 듭니다.
간간이 들려오는 소식이라고는
인민군이 어디까지 밀고 내려왔다는 소식뿐이니
그저 절망할 따름입니다.
이미 많은 서울 시민들이 피란길에 올랐습니다.
우리 하숙집 근방도 벌써 다섯 가구나 짐을 싸서 떠났습니다.
하숙집 어머니께 피란 가셔야 하지 않겠느냐 여쭈었는데,
마땅히 갈 곳도 없는 마당에 집 버리고 무작정 떠나
무엇 하겠냐며 손바닥만 한 땅덩어리 도망쳐봤자
그곳이 그곳이니 버틸 때까지는 버텨보겠다 하십니다.
그래도 떠날 때가 됐다 싶으시면
내 걱정은 마시고 떠나시라 말씀 올렸습니다.
밤늦게 학교에서 돌아온 두효의 말로는 벌써 홍제동까지
인민군의 적진으로 넘어간 것 같다고 합니다.

전세가 이쯤 되니 차라리 아버지의 말을 듣지 말고
기차를 탈걸 그랬나 하는 아쉬움도 밀려옵니다.
아마 아버지께서도 이렇게까지 상황이 좋지 않게
흘러가리라고는 예상을 못하셨을 테지요.
우리가 약한 것인지, 저들이 강한 것인지 모르겠습니다.
아, 방금 하늘이 번쩍! 하면서
땅을 울리는 굉장한 폭음이 들려왔습니다.
온 동네 개들도 놀라서 짖기 시작합니다.
정확한 연유를 알 수가 없으니 공포심은 더더욱 커져만 갑니다.
도무지 맨정신으로는 견딜 수 없는 밤입니다.
두효의 방으로 건너가 함께 있어야겠습니다.
당신이 있는 곳은 부디 안전하기를.

당신을 사모하는 구 자 윤

1950년 6월 29일 목요일 자정

두효가 죽었습니다.

간밤에 울렸던 굉장한 폭음소리의 정체를 알아봐야겠다며

동틀 무렵 두효는, 하숙집 어머니께서 기상하시기 전에

몰래 집을 나갔었지요.

아침밥을 먹기 전에 돌아오겠다고 했는데,

해가 중천에 걸리도록 돌아오지 않는 것이 너무도 불길하여

결국 두효를 찾기 위해 혜화동 쪽으로 나가보았습니다.

그리고 이내 거리를 장악한 인민군의 행렬과

그들이 몰고 내려온 수십 대의 탱크를 보게 되었지요.

또한, 새벽에 천지를 뒤흔들었던 폭음의 정체는

한강교가 폭파되는 소리였다는 것을 알게 되었습니다.

그것은, 더 이상 남쪽으로 피란을 갈려야 갈 수가 없는

고립을 의미했으며, 거리에 나부끼는 인공기는

밤사이 나의 조국이 바뀌었음을 말해주고 있었지요.

나는 정신줄이 떨어져 나가려는 것을 겨우 붙잡고

두효를 찾아 사람들 사이를 헤매고 다녔습니다.

그러다가 젊은 청년들을 의용군으로 잡아가는 트럭을 보고
황급히 골목으로 숨어들었습니다.
혹, 두효가 의용군으로 끌려간 것은 아닐까
걱정이 이만저만이 아니었지요.
그렇게 골목을 돌고 돌아 문리대 정문에 도착하였고
나는 그곳에서 두효와 만날 수 있었습니다.
처참하게 죽어 있는 두효의 시신과 말입니다.
두효는 피투성이가 된 다른 학생들과 함께
가마니 위에 아무렇게나 던져져 있었습니다.
그곳에서 죽은 것인지 아님 다른 곳에서 죽어
그곳으로 옮겨진 것인지는 알 수 없었으나,
수군대는 사람들의 말로는
아침 일찍 서울대 학생회 간부들을 놓고
인민재판이 있었다고 했습니다.
학생회 간부였던 두효 역시,
그 인민재판의 희생자가 된 것이었지요.
그의 시신을 거둘 정신도 없이
나는 하숙집으로 냅다 달렸습니다.

거리 곳곳에 널브러져 있는 군인들의 시신이 발길에 채였지만
나는 조의를 표할 수도 없었습니다.
그렇게 쉼 없이 달려 하숙집 대문을 넘어서고 나서야
나는 맥이 탁! 풀리면서 주저앉고 말았습니다.
노심초사 기다리시던 하숙집 어머니께서도
내 얘길 들으시곤 같이 주저앉으셨지요.
하지만 나도, 하숙집 어머니도, 어찌할 방도가 없었습니다.
인공기 가득한 거리에서 인민재판으로 죽어 나간 시신을
거두어 온다는 것은 자살행위나 마찬가지일 테니까요.
하숙집 어머니와 함께 쌀 포대를 비롯해
며칠 전 식료품 가게에서 한가득 사왔던 식품들을
모조리 안방 벽장 속으로 옮겨두고
나는 소량의 물건들만 챙겨 외양간 아래 방공호로
거처를 옮겼습니다.
미처 다 파지 못했던 방공호엔 두효의 자리는 없었습니다.
두효의 죽음은 하늘이 미리 정한 일이었을까요?
하숙집 어머니께서는
중앙청에 다시 태극기가 걸리는 그날까지

방공호에서 나올 생각 말라 하십니다.

나는 고분고분 예, 하였습니다.

방공호 안에서의 첫 끼니를 삶은 달걀 두 알과 주먹밥으로

해결하고 나서 나는 잠시 동안 멍하니 앉아 있었습니다.

내가 지금 겪고 있는 이 일이 꿈인지 생시인지

도무지 가늠할 수 없는 정신이었습니다.

분명 두효는 내 곁에서 나와 같은 생각을 하고

같은 고민을 하며 같은 아침을 맞이하였는데,

어째서 그와 나의 밤은 이리도 다른 것일까요.

아침에 집을 나서던 그를 내가 만약 잡았더라면…

잡았더라면… 잡았더라면…

그 생각을 하다 나는 기어이 엎드려 울고 말았습니다.

엉엉 울고 말았습니다.

지금도 어딘가에선 많은 이들이 죽어 나가고 있을 테지요.

편지를 다 쓰고 나면 나는 다시 또 엎드려 울 것만 같습니다.

당신을 사모하는 구 자 윤

1950년 7월 30일 일요일 밤

방공호 생활을 한 지도 벌써 한 달이 지나갑니다.
나는 해를 본 지가 너무 오래되었습니다.
바깥 공기라고는 하숙집 어머니께서 끼니를 넣어주실 때와
요강을 비워주실 때 잠깐 쐬는 거 외에는
일절 쐬는 일이 없습니다.
날짜는 꼬박꼬박 가는데
나의 생활은 조금도 나아지는 것이 없습니다.
매일 그날이 그날이고, 그날이 그날이지요.
태어나서 단 한 번도, 생각조차 해본 적 없는
이 생산적이지 못한 삶을
대체 언제까지 살고 있어야 하는 건지 답답할 노릇입니다.
그나마 이런 식으로라도 목숨줄 유지하는 것을
오히려 감사히 여겨야 할까요?
말 그대로 근근이 연명할 뿐이지요.
나는 아직도 입대와 피란이 아닌 은신의 길을 택한 것이
옳았는지를 모르겠습니다.

괴뢰군이 파죽지세로 밀고 내려오는 이 시기에
입대를 했더라면 나는 과연 어떠하였을까요.
지금까지 살아는 있었을까요?
한강교가 폭파되기 전에 도강하여 고향으로 내려갔더라면
어떠하였을까요.
그 역시 무사히 고향 땅은 밟았을까요?
이러나저러나 결국 어느 쪽으로도
정답 없는 물음일 뿐입니다. 공허하지요.
그나마 이렇게 당신에게 편지라도 쓸 수 있어
나는 얼마나 다행인지 모릅니다.
혼자서 책을 읽는 것보단 훨씬 덜 외롭지요.
당신이란 존재가 없었더라면
과연 내가 오늘날에 이르는 동안
미치거나 죽지 않고 살 수 있었을까요.

당신을 사모하는 구 자 윤

1950년 8월 15일 화요일 아침

광복절 아침입니다.

불과 5년 전 일인데도 굉장히 오래전,

마치 고조할아버지 시대에나 있었던 일마냥

까마득하게 느껴지는 건 왜일까요.

5년 전에도 나는 살아 있었고, 지금도 나는 살아 있는데

내 인생에 그토록 행복했던 순간이 있긴 했었나 싶습니다.

해방된 조국은 마냥 평화롭고

더할 나위 없는 낙원이 펼쳐질 거라 그리 믿었었지요. 그땐.

어느 누구도 조국 해방 5년 뒤에 있을 미래에 대해서

동족상잔의 비극을 예상하진 못했을 것입니다.

나는 어찌하여 이런 시대를 타고난 것일까요.

중앙청에는 여전히 인공기가 휘날리고 있습니다.

인민군들은 어린 중학생부터 청년까지 눈에 보이는

사내라면 닥치는 대로 의용군으로 끌고 간다 합니다.

시내에 나가셨던 하숙집 어머니께서 인민군이 기껏해야

열두어 살밖에 되지 않아 보이는 사내 아이를 징용 트럭에

태우는 것을 보셨다며 치를 떠셨지요.
그리고 얼마 전부터는 피란 가고 비어 있는 이웃 가구에
인민군 한 소대가 주둔하기 시작했으니
더더욱 쥐 죽은 듯이 있으라 하십니다.
소스라치는 날들의 연속입니다.
오늘은 두효의 49재인데
제대로 밥상 한번 못 올려주고 보내야 할 것 같아
가슴이 미어져옵니다.
그래도 두효는 괜찮다고 다 이해한다고 해주겠지요.
워낙에 긍정적이고 호탕한 사내였으니 말입니다.

피란길에 굶어 죽나, 적지에서 싸우다 죽나,
인민재판으로 총 맞아 죽나,
이래저래 개죽음 피할 길 없는 시대를 살면서
이만하면 그래도 잘 놀다 간다.
기껏 살아서 목숨줄 연명해봤자
너와 같이 방공호 신세밖에 더 지겠니?
그나마 인민 의용군으로 끌려가지 않은 것을

다행으로 여기면서 나는 가련다.

그래도 조국 해방의 순간은 맛보았잖니.

그마저도 보지 못하고 떠난 사람들을 생각하며

난 그걸로 만족하고 가련다. 너는 좀 더 살다가 오렴.

한쪽 눈을 찡긋 감았다 뜨면서 이렇게 말해줄 사람입니다.

두효의 그 잘난 얼굴이 그리워

오늘은 하루 종일 아무것도 못할 것 같습니다.

당신을 사모하는 구 자 윤

1950년 9월 18일 월요일 점심

맥아더 장군이 인천상륙작전에 성공하여 인민군을
빠른 속도로 몰아내고 있다는 소식을 전해 들었습니다.
전쟁이 일어난 이래로 처음 듣는 반가운 소식입니다.
추석날 아침은 내 방에서 눈 뜰 수 있을지
사뭇 기대도 해봅니다.
중앙청에 다시 태극기가 걸리게 되는 날,
나는 방공호를 뛰쳐나가 당신의 가게로 달려갈 것입니다.
당신의 가게는 여전히 굳게 닫혀 있을까요?
나는 당신의 얼굴을 보고 싶은 것인지 아님,
당신이 안전한 곳에 잘 숨어 있는가
확인을 해보고 싶은 것인지 모르겠습니다.
당신의 얼굴을 보고 싶은 마음과 당신이 서울이 아닌
남쪽의 안전한 곳에서 잘 지내고 있기를 바라는 마음이
서로 충돌을 하여 속이 시끄럽습니다.
어디든, 이보단 나은 삶을 영위하고 있기를 바랄 뿐입니다.

당신을 사모하는 구 자 윤

1950년 9월 26일 화요일 아침

추석입니다.

나는 여전히 방공호에서 검은 아침을 맞이합니다.

혹시라도 추석은 방에서 눈 뜰 수 있지 않을까

품었던 기대는 이렇게 조각이 나고 말았습니다.

그렇다 하여도 군인들을 원망할 수는 없는 노릇이겠지요.

그들은 지금 이 순간도 목숨을 걸고 죽을힘을 다해

전장을 지키고 있을 테니 말입니다.

밥값 못하고 뒷방 늙은이마냥 숨어만 지내는 주제에

불만이 어인 말이겠습니까. 감히 안 될 말이지요.

국군으로 입대하겠다던 나의 절친한 벗은 입대는 하였는지,

아직 무사하기는 한지 궁금해집니다.

나는 어찌하여 그와 같은 용기를 내지 못하였는지

사뭇 책망도 해봅니다.

허나, 만일 내가 그를 따라 용기 있게 입대를 했었더라면

포탄이 빗발치는 그곳에서

나는 왜 하필 이런 용기를 내었을까,

조금만 범약하게 굴었더라면

적어도, 저 포탄은 피할 수 있지 않았을까 하면서

또 책망했을 테지요.

하루 종일 이런 생각만 하고 있는 내 모습이 한심하여

참을 수가 없습니다.

마당에 있는 개는 적을 향해 마음껏 짖을 수나 있지요.

할 수 있는 것이 아무것도 없는 나는

개보다도 못한 신세입니다.

당신을 사모하는 구 자 윤

1950년 9월 29일 금요일 밤

오늘 낮. 드디어 중앙청에 태극기가 걸린 것을 보았습니다.
하루 늦게야 소식을 듣고 방공호를 뛰쳐나올 수 있었지요.
정확히 석 달 만이었습니다.
여름을 온전히 방공호 안에서만 보내고
석 달 만에 나온 세상은 벌써 가을이 흘러가고 있었습니다.
공기도 다르고 햇살도 다르고
사람들 모습도 달라져 있었지요.
인민군들이 두고 간 군수 물자들을 놓고
치열한 약탈전을 펼치는 사람들의 얼굴마다
그간 살아남기 위하여 애쓴 흔적들이 역력히 남아 있었습니다.
내 얼굴 역시 그들과 다를 바가 없어 보일 테지요.
종로 거리를 가득 메운 국군의 행렬과
유엔군들의 모습을 보는데 나는 울컥하였습니다.
내가 이 광경을 보기 위해
지난여름 내내 검은 아침 속에서 눈을 떴구나.
또 한 번 광복을 맞이한 듯 속이 다 후련하여졌습니다.

감격으로 북받쳐 오르는 몸을 이끌고
당신의 가게로 향하고 있었는데,
서대문 방면은 아직 위험하다고
헌병들이 길을 막아서는 바람에
어쩔 수 없이 하숙집으로 돌아와야 했습니다.
하숙집 어머니께서는
그동안 방공호에 숨어 마른 음식만 먹느라 고생했다며
저녁으로 뜨끈한 수제비 국을 만들어주셨습니다.
다른 집들은 식구가 많아 끼니 걱정에 고생들 많았다는데,
우리는 입이 두 개뿐이라 다행히 배는 곯지 않았네 하십니다.
말씀 끝에 조용히 남는 여운은 아마도 두효 때문이겠지요.
어머니께서 미리 앞을 내다보시고
식료품을 사재기하신 덕분입니다. 감사합니다. 하고
말씀드렸습니다.
우리 하숙집 어머니께서는
해방 전에 독립운동을 하시던 남편분을 내조하느라
산전수전 공중전을 다 겪어내신 분이었지요.
끝내, 남편분을 잃고 과부가 되셨지만,

뚝심 있고 강단 있는 성격으로 여태껏 살아내신 분입니다.
그런 분 밑에 머무를 수 있어서 새삼 다행이라 여겨졌습니다.
저녁을 다 먹고 제 방으로 돌아와
그리웠던 책상 앞에 다시 앉았습니다.
이 얼마 만에 책상에 앉아서
맘 놓고 쓰는 편지인지 모르겠습니다.
아직 도처에서는 후퇴하지 못한 인민군들과
그들을 소탕하기 위한 국군의 육탄전이 계속되고 있다지만,
일단은 방공호 생활을 탈출할 수 있게 되어
나는 여간 기쁘지 아니합니다.
서울도 수복되었으니
떠났던 이들도 차츰차츰 다시 집으로 돌아오겠지요?
이쯤에서 그만 본가로 내려갈까 생각도 해보았지만
여기까지 온 이상, 나는 당신의 생사를
반드시 확인해야만 직성이 풀릴 것 같습니다.
당신은… 무사히 돌아오겠지요?

당신을 사모하는 구 자 윤

1950년 10월 13일 금요일 밤

서대문 방면이 해방되었다는 소식을 듣고,

나는 부리나케 당신의 가게로 향하였습니다.

온통 쑥대밭이 되어 있는 창천동 일대를 보며

나는 심장이 철렁 내려앉았으나,

다행히 당신의 가게가 있는 길은 포탄을 피해간 듯 보였습니다.

그리고 여전히 가게 문에는 철근같이 두꺼운 자물쇠가

채워져 있었지요.

여름날, 내가 마지막으로 보았던 모습 그대로였습니다.

아마도 당신은 일찍이 피란길에 올랐으며,

아직 돌아오지 않은 것으로 간주됩니다.

차라리 그편이 다행인 것이지요.

안도감은 드는데 가슴 한편으론

당신을 보지 못한 아쉬움이 피어오릅니다.

어쩔 수 없는 심경으로 다시 하숙집으로 돌아오다가

종로 거리에서 짜구와 마주쳤습니다.

올 초에 사진기자 시다로 신문사에 들어갔던 꼬마가

지금은 아예 종군 기자가 되어 유엔군을 따라다니며
보도 사진을 찍는다고 하였습니다.
어깨에는 구두통을 들쳐 메고
매일 입에 음식을 가득 물고 다니며
터질 것 같은 배를 자랑하고 다녀서
나와 벗들이 짜구라고 놀려댔던 녀석인데,
지금은 나보다 훨씬 더 근사한 모습으로
자기 일을 전문적으로 하고 있었습니다.
나 자신을 장차 사회의 한 축을 담당하게 될
지식인이라 여기며 뻐겨왔던 지난 세월이
한없이 수치스러워지는 순간이 아닐 수가 없었습니다.
짜구의 말에 따르면
이미 국군과 유엔군은 평양까지 진격을 하였고,
인민군의 기세와 수로 보아 조만간 우리의 승리로
이놈의 전쟁은 끝이 날 것 같다고 하였습니다.
다행히 겨울은 예년처럼 보낼 수 있겠구나 싶었지요.
나는 짜구를 통해 고향으로 보낼 편지를
부탁하기로 하고 집으로 돌아왔습니다.

짜구도 마침 나에게 줄 것이 있다 하길래
해 질 녘에 다시 종로에서 보자며 약속을 하였지요.
나는 무사히 잘 있으니 걱정하지 마시라,
전쟁은 곧 끝난다고 하니 그 또한 너무 염려 마시라,
모든 것이 정상화가 되면 곧바로 집으로 가겠다는
편지를 쓰고 다시 종로로 달려갔습니다.
짜구는 군용트럭에서 나를 기다리고 있었지요.
고향집으로 보내는 편지를 내밀자
짜구는 나에게 정말 예상치도 못한 것을 내밀었습니다.
그것은 다름 아닌 올봄,
나와 벗들이 당신의 가게에 들렀을 때
마침 사수의 심부름으로 막걸리를 받으러 가게에 왔었던
짜구가 카메라가 생긴 기념이라며
우리를 찍어줬던 사진이었습니다.
나는 까마득하게 잊고 있던 일이었습니다.
짜구는 그 사진이 자신이 카메라를 손에 넣고
처음으로 찍어서 현상한 자신의 첫 작품이라 말했지요.
필름을 뒤늦게 현상하는 바람에

그동안 줄 수가 없었다고 말입니다.

사진 속에 나와 벗들은
정말 찬란하리만큼 환히 웃고 있었습니다.
그 사진을 보며 한동안 아무 말도 못 하고 있는데,
짜구가 얼른 다음 사진을 보라고 하더군요.
내가 무척이나 보고 싶어 할 사람이 있을 거라면서요.
그렇습니다. 다음 사진은 바로 당신이었습니다.
가게에서 묵묵히 일하고 있던 당신의 얼굴이었습니다.
그 사진은 내가 짜구의 카메라로 찍은 사진이었습니다.
카메라를 구경하는 척 뺏어 들고 렌즈로 당신을 몰래 보다가
나도 모르게 셔터를 눌렀던 그 순간이 주마등처럼 스쳐갔지요.
짜구는 내가 당신에게 정을 품은 것을
오래전부터 눈치채고 있었다고 했습니다.
늦은 밤, 내가 불 꺼진 당신의 가게 앞을
서성이는 것도 보았고, 가게 건너편 가로등에 숨어서
당신을 오랫동안 지켜보고 있던 것도 보았다고 했습니다.
예전 같았으면 얼굴이 빨갛게 달아오를 일이었을 텐데,
오늘은 그저 고마울 뿐이었습니다.

나는 벗들과 함께 찍은 사진에서 내 얼굴만 찢어내,

고향으로 보내는 편지 봉투 안에 담아서

짜구에게 들려주었습니다. 잘 부탁한다고.

너 또한 몸조심 단단히 하라는 당부와 함께요.

짜구는 이내 유엔군과 함께 떠났습니다.

평양에 있는 부대와 합세를 할 거라 합니다.

전쟁이 끝나거든 내가 이 은혜 꼭 갚겠노라 다짐을 해주었지요.

흙먼지를 일으키며 멀어져가는 군용트럭을

한참을 서서 보다가 집으로 돌아와서

이렇게 당신에게 편지를 씁니다.

비록, 당신을 보진 못하였지만, 당신의 사진 한 장

얻은 것만으로도 나는 이미 충분히 감격스럽습니다.

오늘 밤은 쉽사리 잠에 들지 못할 것 같습니다.

아마도 나는 동이 틀 때까지

당신의 사진을 들여다보고 있을 테지요.

필히 그럴 테지요.

당신을 사모하는 구 자 윤

1950년 11월 15일 수요일 오후

갑자기 불어닥친 혹한의 추위에
적잖이 당황스러운 날입니다.
아침부터 구들장을 데우느라
장작을 쉴 새 없이 팼음에도 불구하고
땀 한 방울 나지 않을 만큼의 추위였지요.
이것이 올겨울 평년 추위는 아니어야 할 텐데요.
이 추위가 계속 간다면
당장에 땔감부터 걱정해야 할지도 모릅니다.
방 안에서 담요를 뒤집어쓰고 편지를 쓰고 있는데도
손이 시려 연신 입김을 불어주고 있습니다.
점심을 일찍 먹고 당신의 가게를 보고 왔는데
여전하였습니다.
그래도 주변에 있던 가게들이
속속들이 재개하는 것으로 보아
영 희망이 없는 것은 아니라고 믿고 있습니다.
어제까지만 해도 당신의 가게와 마찬가지로 굳게 닫혀있던

국숫집과 만둣가게가 오늘부터 다시 문을 열었으니

당신의 가게 또한 곧 문이 열리겠지요.

지금 이 시각에도 당신은 서울로 돌아오는 길목 어딘가를

걷고 있으리라 기대하여봅니다.

당신을 사모하는 구 자 윤

1950년 12월 8일 금요일 저녁.

오늘은 나의 스물두 번째 생일입니다.
하숙집 어머니께서 고기가 잔뜩 들어간
미역국을 끓여주셨지요.
이 난리 통에 고기를 어디서 구하셨는지,
꿈에도 생각지 못한 호화로운 생일상 앞에서
나는 주책맞게 눈물을 왈칵 쏟고야 말았습니다.
하숙집 어머니께서는 그런 나를 한참을 말없이 보시다가
인제 그만 남쪽으로 내려가야겠다 하셨습니다.
사방에서 군인들이 땅을 파고 진지를 구축해대는데,
그 모습이 여간 불안한 게 아니셨을 테지요.
내 집에 포탄 떨어질 날 얼마 남지 않았구나 싶으셨을 겁니다.
나는, 오래 참으셨습니다 어머니. 이놈의 전쟁
곧 끝난다 끝난다 말만 무성하지, 이제 중공군까지
가세한 마당에 그리 호락호락 접힐 전쟁은 아닐 듯싶으니
마음 굳히신 김에 얼른 떠나세요. 라고 말씀드렸지요.
나보고 같이 가자 하시는데,

나는 서울에 아직 볼 일이 남았으니 먼저 가시라 하였습니다.
그렇게 하숙집 어머니와 나는
마지막일지도 모를 눈물의 아침을 먹고 짐을 정리하였지요.
하숙집 어머니께서는 이동이 간편하도록
최소한의 짐만 챙기셨고 나는 큰절을 올렸습니다.
이제 이 집엔 나 혼자만 남았습니다.
곳간에 남은 식량이라고는
한 포대의 감자와 쌀 두어 되가 전부입니다.
콩 볶듯 요란한 총소리가 가까이에서 들려올 때면
간담이 서늘해지기도 하지만 여기까지 버틴 이상,
당신의 얼굴을 보지 않고서는
도무지 나는 서울을 떠날 수가 없습니다.
괜한 오기 부리다 제 명에 못 죽는다 하시겠지만
어쩌겠습니까. 이미 내 마음이 여기까지 와버린 것을.
이대로 서울을 떠나면 그 또한 후회로 짓눌려
매일 밤 괴로움에 잠을 설칠 것입니다.
포탄이 목전까지 떨어지면
얼른 방공호로 숨어들면 그뿐입니다.

나는 버티어볼 테니, 당신은 부디 안전하게만 계셔주십시오.

어디서든 말입니다.

당신을 사모하는 구 자 윤

외출

아침부터 까치가 울어대는 통에 태인은 평소보다 이른 기상을 했다. 잠을 좀 더 청해볼까 싶어 수면안대까지 써가며 애를 썼지만, 배 속에서 급격하게 밀려오는 허기가 그를 또 한 번 깨운다. 어제 저녁을 홍시 두 개로 가볍게 때운 탓이었다.

태인은 주방으로 와서 습관처럼 커피를 내려놓고 간단히 요기할 수 있는 무언가를 찾기 시작한다. 분명 어제까지만 해도 냉장고 안에 과일과 유제품들이 남아 있었던 거로 기억하는데, 밤사이 무슨 일이 있었는지 모조리 사라지고 찬장 안에 시리얼도 바닥을 드러내고 있었다. 아마도, 부모님이 집을 비우셔서 신이 난 청소년마냥 늦게까지 먹고 놀다가 해가 중천에 뜰 때쯤 느긋하게 기상하는 자유에 심취한 남규가 밤새 미드를 보면서 먹어치웠으리라.

태인은 집에서 멀지 않은 거리에 있는 제과점에 다녀 오기로 한다. 집으로 올라오는 언덕길의 초입 부근에 위치한 이 제과점은 사장님께서 손수 반죽하고 만드시는 수제 빵집이었다. 시내에 한 블록 건너 하나씩 있는 유명 브랜드 베이커리에 비해 빵 종류가 다양하지는 않았지만, 늘 갓 구워진 상태여서 빵이 따끈하고 촉촉했다. 사장님께서 수줍음이 많으신 관계로 방송에 출연하지 않았을 뿐, 대단한 장인의 가게라고 태인은 생각했다.

"한옥집 총각!"

단팥빵과 모카빵 그리고 남규가 좋아하는 소시지빵 몇 개를 사 들고 집으로 오르던 길이었다. 배달을 다녀오시던 세탁소 할아버지가 자전거를 타고 언덕을 내려오다 태인을 보고 먼저 아는 척을 하셨다.

"안녕하세요. 배달 다녀오시나 봐요?"

"배달 말고 수거! 두 개 이상이면 수거하러 가니까 세탁물

맡길 거 있음 바로 전화때려!"

"알겠습니다."

태인은 웃으며 대답했다. 외모는 여든에 가까워오고 계심이 분명한데, 목소리의 활력이나 말투 그리고 젊음을 과시하는 듯한 제스처가 할아버지의 나이를 절반으로 깎아내고 있었다.

"그럼 수고하세요."

짧게 인사를 끝내고 다시 걸음을 옮기려던 순간, 태인의 머릿속에 편지 상자에서 발견했던 흑백사진이 떠올랐다.

"저기 어르신!"

혹시나 하는 생각에 태인은 일단 할아버지를 돌려세운다.

"왜?"

"저기… 이 동네에서 70년째 살고 계시다고 저번에 그러셨잖아요?"

"그랬지! 내가 여기 토박이니까!"

"그럼 혹시…"

태인은 자신의 지갑 속에 고이 넣어두었던 두 장의 흑백사진을 꺼내 할아버지 앞으로 내밀었다.

"이 사진 속 남자들 중에 혹시 낯이 익은 분이 계신가요?"

"어디 보자…."

할아버지는 사진을 가까이 봤다 멀리 봤다 하면서 꼼꼼하게 살핀다.

"글쎄… 잘 모르겠는데?"

"그럼 혹시 이 여자분은요?"

이번에도 할아버지는 사진을 가까이서 봤다 멀리서 봤다 눈을 크게 떴다 작게 떴다 하면서 보신다.

"이 여자도… 잘 모르겠는데? 이 사람들이 다 누구여?"

"집 공사하다가 발견한 사진들인데 혹시라도 아는 얼굴이 있으실까 싶어서 여쭤봤어요. 죄송합니다, 바쁘신데."

"아녀. 뭐 또 궁금한 거 있으면 언제든 세탁소로 와서 물어봐."

"네 그럴게요, 어르신."

할아버지는 멈췄던 페달을 힘차게 밟으며 빠르게 태인의 시야에서 사라졌다. 그 사진들을 지갑 속으로 다시 넣어두며 역시나, 괜한 짓을 했다 싶은 태인이다.

외양간이 있던 자리에 새롭게 들어서는 이동식 모듈러 주택은 기대했던 것보다 훨씬 더 우람하고 화려했다.

"이야~ 돈 쓴 보람이 있네! 보기 좋다 야!!"

남규는 상당히 만족스러운 듯, 모듈러 주택이 설치되어가는 과정에서 눈을 떼지 못하고 있었고, 태인은 모듈러 주택이 덮어버린 자윤의 방공호에서 눈을 떼지 못하고 있었다.

"이래도 되는 건가 모르겠네…."

"뭐가?"

"방공호 말이야. 내가 저걸 저렇게 없애버려도 되나 싶어서."

"뭔 상관이야. 이제 네 집인데."

그래도… 그래도… 그래도… 누군가 살았던 흔적인데….

남규의 말대로 서류상으로나 법적으로나 정말 아무런 상관이 없는 일인데도 괜히 죄짓는 것 같은 이 찜찜한 기운은 태인의 마음속에서 쉽게 가시질 않고 있었다. 그건 아마도, 생사의 갈림길에서 목숨을 걸고 남겨두었던 자윤의 편지를 모두 읽었기 때문이겠지. 그에게 너무 감정 이입을 하고 있는 건 아닐까. 태인에겐 그 감정에서 빠져나올 뭔가가 필요해보인다.

"야, 오늘 저녁에 '결정적 순간' 애들 다 모이는데, 안 갈래?"

결정적 순간. 사진작가 앙리 카르티에 브레송의 전설적인 사진집 이름이자, 남규와 태인이 대학 시절 함께 활동했던 필름 사진 동아리 이름이었다.

"그 이름 오랜만에 들어보네."

"같이 가자! 간만에 애들도 보고 좋잖아?"

태인의 소극적인 활동 반경이 늘 불만이고 걱정이던 남규가 억지로 데려간 동아리였지만, 시끄럽지 않고 서정적인 분위기가 제법 태인을 적응시켰었다. 동아리방에서 밤새 술 파티를 벌이며 청춘을 논하는 다른 동아리들과는 달리 '결정적 순간'은 지원받은 활동금으로 비싼 사진집을 모으고 전시회를 다니는 등 제법 사회 지식인층의 품위 있는 취미생활을 표방하고 있었다.

"난 됐어. 너나 가서 재밌게 놀다 와."

"또!또!!또!!! 안 돼. 너 오늘은 무조건 나가야 돼. 너 이 집으로 이사온 뒤에 외출한 거라고는 요 앞에 중국집이랑 빵집이랑! 어? 집에서 반경 1km를 벗어난 적이 없잖아 너! 안 돼. 집귀신 되기 전에 데리고 나갈 거니까 준비해. 나 분명히 말했어!"

남규는 제법 강한 어조로 협박 아닌 협박을 했다. 남규가 이렇게 단호하게 나오면 태인은 결국 그를 이기지 못하고 따라나서야 한다. 이건 그들 사이에 생성된 무언의 규칙과도 같은 것이었다.

내가 징징대면서 하는 부탁은 상황과 이유에 따라 네가 못 들어줄 수도 있어. 그런 거로 우리 우정의 크기를 판단하거나 너한테 서운해하지는 않을 거야. 하지만! 내가 강한 어조로 단호하고 분명하게 말하는 것이 있다면 그건 부탁이 아니라 협박이기 때문에 네가 반드시 들어줘야 해. 그건 내가 아니라 너를 위한 일일 거고, 나는 어떤 수단과 방법을 써서라도 네가 들어줄 수밖에 없게끔 압력을 행사할 거야. 널 위해서.

그렇게 남규는, 정연의 죽음 이후 새봄이 올 때까지 무려 3개월 동안이나 집안에만 틀어박혀 있었던 태인을 끄집어내 설악산 등반을 감행했고, 집과 학교만 오가던 그를 '결정적 순간'에 가입시켰으며, 군 제대 후 복학하기 전까지의 공백기 동안 시베리아 횡단 열차에 타게 만들었었다. 덕분에 폐쇄성 짙은 성격을 소유하고도 태인은 대학생의 로망이라 손꼽히는 몇 가지를 누려보고 학사모를 쓸 수 있었다.

모듈러 주택 설치가 끝나고, 두 사람은 천천히 안을 둘러보았다.

"이쪽은 목재를 보관하는 창고로 쓰면 되고, 이쪽 벽에는 촬영용 스크린 하나 설치하고, 작업은 여기서 하면 되고! 좋네! 창이 크니까 따로 조명 쓸 필요도 없겠다!"

남규는 정작 이 작업실을 쓸 태인보다도 더 신이 난 듯 공간을 구상하고 있었다.

"일단 올해는 얼마 안 남았으니까 국내 쇼핑몰 런칭을 목표로 두고! 내년 2월에 열리는 서울 국제 가구 박람회랑 4월에 밀라노에서 열리는 박람회에 참가하면서 본격적으로 규모를 키우는 거야. 드라마나 영화에 협찬 같은 것도 적극적으로 해주고. 뭐든 홍보에는 방송만 한 게 없거든! 회사 이름은 생각 좀 해봤고?"

아뿔싸.

최근 온 신경이 자유에게로 향해 있었던 태인에게 회사 이름 같은 건 안중에도 없었다. 남규의 넘치는 의욕에 본의 아니게 찬물을 확 끼얹은 셈이 돼버렸다.

"…아직…."

사죄의 의미가 짙게 깔린 목소리로 태인은 대답한다.

"하 진짜… 너 일주일 준다! 일주일 안에 이름 생각 안 해오면 그냥 내가 생각한 이름 중에 하나로 할 거야. 그때 가서 토달기만 해. 가만 안 둬!"

남규는 또 한 번 강력한 어조로 선전포고를 해온다.

그날 저녁, 서교동의 골목골목은 많은 젊음들로 붐비고 있었다.

태인과 남규는 번화가에서 조금 벗어난 거리에 위치한 와인바로 들어갔다. 앤티크 풍으로 인테리어 된 실내는 스피커 사이로 잔잔하게 흘러나오는 시셀의 목소리와 잘 어우러졌다.

"남규야, 여기!! 어? 태인이도 왔네? 야, 너 진짜 오랜 만이다!!"

창가 쪽 테이블에 앉아 있던 영훈이 두 사람을 향해 반갑게 손을 흔들었다. 초등학교 교사를 하고 있다는 영훈, 얼마 전에 둘째를 낳았다고. 그 옆에 앉아 있는 경수는 출판사에서 근무하는데 작년에 팀장으로 진급을 했고. 2년 후배인 지현은 제법 잘나가는 영화 편집기사로 활동 중이며, 동아리 막내였던 동길은 강남에서 규모가 큰 수입 자전거 전문점을 운영하고 있다고. 서로의 근황을 주고받으며 와인 한 병을 비워갈 무렵,

"제가 좀 늦었죠?"

등 뒤에서 들려오는 낭랑한 목소리의 그녀.

"이게 누구야— 못 오는 줄 알았더니?"

"쟤는 갈수록 더 이뻐지네. 시간 내서 세월 좀 적당히 맞아주고 그래라! 어디 부담스러워서 옆에 갈 수나 있겠냐?"

등장과 동시에 모든 이의 이목을 집중시키는 그녀.

"스케줄 때문에 아슬아슬했어요. 그래도 무리해서 오길 잘한 것 같네. 오랜만이에요 선배."

그녀는 플로럴 계열의 향수 냄새를 진하게 풍기며 태인의 옆에 앉는다.

"남규 오빠는 그대로네? 여전히 못생겼어!"

"오랜만에 만나서 반갑다는 인사를 꼭 저렇게 하더라. 그래

도 지원이는 이뻐서 봐준다!"

그녀.

신지원.

졸업을 앞둔 겨울. 그때 우린 사방이 눈으로 뒤덮인 어느 산장에 고립되었었지. 단둘이. 후발대로 오겠다던 그들은 갑자기 내린 폭설로 끝내 오지 못했고, 선발대로 도착해 있던 너와 나, 그래 우린. 벽난로 속 장작이 타들어가는 소리만 간간이 들려오던 그 정적의 공간에서 까마득한 밤을 보내야만 했었지. 너는 내가 무슨 말이든 해주길 바라는 눈빛으로 나를 간절히 바라보았지만 나는 그 시선을 외면한 채 끝내 아무 말도 하지 않았었어. 그리고 그날 밤, 너는 잠들어 있던 내 품 안으로 들어와 내 손을 너의 젖가슴에 끌어다 얹고 내 입술에서 피가 날 때까지 아프게 날 물었었다. 그런 너를 나는 힘차게 밀어냈었지. 수치스러울 만큼. 눈물이 그렁그렁 맺힌 눈으로 나를 쳐다보던 널 그대로 두고 나는 매몰차게 산장을 떠나 밤새 눈길을 헤치며 그 산을 내려왔었다. 그렇게 헤어지고 오늘. 그날 이후 처음으로 오늘. 다시

만났구나 너를. 3년 전 끊었던 담배가 간절해지는 순간이야.

기억 저편 어딘가로 조용히 흘려보냈던 오래전 그 밤이 다시금 곤불하고 있었다. 태인은 서슬 퍼런 긴장감으로 목덜미가 빳빳해져옴을 느낀다. 그의 시선은 테이블 위에 놓인 은색 포크날 사이에서 불안하게 흔들리고 있었지만, 다행히 모두의 관심은 갤러리에서 큐레이터로 근무한다는 지원의 다음 전시회에 집중되어 있었다.

"지난번 유진 스미스전 좋았는데! 요즘은 뭐 준비해?"

"이번엔 김은국 선생님 사진전 준비하고 있어요."

"김은국 작가? 나 5년 전에 뉴욕 출장 갔을 때 모마에서 열었던 사진전 갔었는데! 국내에서는 처음 아닌가?"

"맞아요. 국내에서는 처음 여는 거라 미공개 사진들도 많고, 규모도 꽤 크게 진행되고 있어요."

대한민국 역사상 가장 위대하다는 사진작가의 국내 첫 사진전을 놓고 모두가 흥분해서 너도나도 떠들어대는 동안, 태인은 간간이 짧은 미소와 끄덕거림으로 적당한 호응을 유지한 채 이 숨 막히는 자리에서 슬그머니 떠날 기회만 엿보고 있었다.

견디기 힘든 시간들은 훌쩍 흘러, 동길이가 푸껫에서 코끼리 발로 마사지를 받은 이야기와 경수네 출판사 편집장이 두 번째 이혼을 한 이야기, 그리고 영훈의 큰딸이 재롱부리는 동영상을 여덟 편이나 보고 나서야 태인은 화장실을 핑계로 일어나 조용히 와인바를 빠져나올 수 있었다.

"던힐 1미리요."

수학의 정석을 보고 있던 어린 알바생은 가격이 두 배로 뛰어오른 담배를 내민다.

"라이터도 같이요."

태인은 편의점 옆 좁은 골목으로 들어와 담배 한 개비를 입에 물고 불을 붙인다. 3년 동안 잘 참아왔던 담배를 결국 이렇게 다시 피우게 되는구나. 독한 숨이 하늘을 향해 길게 뿜어졌다.

"살아 있었네요?"

언제부터 따라왔는지, 지원은 기껏 숨어버린 태인을 악착같이도 다시 찾아냈다.

"우리 그날 이후 처음 보는 거죠? 폭설이 쏟아지는 그 산을 아무런 장비도 없이 그렇게 내려가버리다니… 난 선배 죽은 줄 알았어요. 아니, 죽길 바랐던 건지도 모르겠네…."

태인은 그저 손끝에서 빠르게 타들어가는 담배만 바라보고 있을 뿐이다. 내가 이걸 다시 끊어낼 수 있을까?

"…여전히 말이 없네요. 선배는…."

내가 무슨 말을 할 수 있을까. 내가 죽길 바랐던 건지도 모르겠다는 여자 앞에서. 그날 밤, 너를 안아주지 못해 미안하다. 라고 해야 할까? 차마 죽지 못하고 살아 있어서 미안하다. 라고 해야 할까. 단 한 번도 여자로 생각해보거나 느껴본 적 없던 너인데, 그저 속옷 차림으로 내 품에 파고든 너의 체면 살려주고자 내가 뭐든 했어야 했을까? 그럼 너는 수치스럽지 않고 만족했을까. 그날 밤 우리에게 어떤 일이 있었든 어차피 결과는 똑같았을 일인데. 그러니 나는 그저 침묵할 수밖에.

그 으슥한 골목에서 서로 다른 수치심으로 괴로운 남녀는 서로의 깊은 한숨 소리만 들으며 짧은 순간을 머물렀다. 결국, 이 침묵의 온도를 이기지 못하고 먼저 떠난 것은 지원이었다.

터벅터벅 큰길로 향하던 지원이 골목 끝에 멈춰서 태인을 향해 말했다.

"저 다음 달에 결혼해요. 선배가 꼭 와줬으면 좋겠어요 나는."

그렇게 지원이 가버리고 태인은 담배 한 개비를 또다시 꺼내 물었다. 불을 붙이고 몇 모금 깊게 빨아들인 후 이내 발로 짓이겨 그 불을 꺼버린 채 골목을 나온 태인. 그는 와인바가 있는 거리의 반대 방향으로 무작정 걷기 시작했다. 뒤늦게 취기가 올라온다. 하긴, 그 숨 막히는 자리를 자연스럽게 뜨기 위해 가득 채워진 와인 잔을 세 번이나 비워야 했으니 머리가 어지러울 만도 하지.

태인은 잔뜩 흐려진 얼굴로 서교동의 젊은 인파를 헤치며 걸어나갔다. 폭설을 헤치며 산을 내려왔던 그날 밤처럼.

남규에게서 걸려오는 전화를 세 통이나 무시하며 걷던 태인은 어느새 신촌에 도착해 있었다. 늦은 밤에도 신촌 거리는 화려하게 빛나고 있었고, 무리를 지어 다니는 청춘들은 내일이 오지 않을 것처럼 살고 있었다. 그 속에서 태인은 홀로 그림자처럼 걸어다녔다. 아무도 그를 신경 쓰지 않았고, 태인 또한 그들의 눈에 띄지 않게 스쳐 지나갈 뿐이었다. 그 옛날, 지금은 건물마다 구석 구석 술집이 들어찬 이곳 어딘가에 자윤과 그의 친구들이 젊음을 두고 온 수희의 전집이 있었겠지. 그녀의 눈물과 맞바꿨던 막걸리는 저 골목 어딘가를 밤늦도록 적시고 있었을 테고. 자윤은 터질 듯한 심장을 끌어안고 이 길을 닳도록 걸어다녔을 테지. 하지만 완벽하게 상업 지구로 변해버린 오늘날의 거리에는 그 시절 자윤이 품었던 낭만은 어디에도 없는 듯했다. 그저 소비되어가는 청춘들만 있을 뿐.

태인은 덧없는 그곳을 벗어나, 한갓진 외길로 들어섰다. 고작 몇 발자국 떨어져 나왔을 뿐인데, 마치 시공간을 초월한 듯 전혀 다른 세계를 딛고 있는 기분이 든다. 여전히 취기가 가시지 않은 것인지, 아님 자신도 모르는 사이 정체를 알 수 없는 무엇인가에 의해 새롭게 취해가고 있는 것인지, 이 몽롱한 정신을 무기 삼아 태인은 집까지 걷기 시작했다. 수줍은 청년이 사모하는 여인을 생각하며 웃음과 눈물을 흘려두었던 쓸쓸한 밭두렁은 치솟은 빌딩들 밑으로 사라져버린 지 오래였지만, 태인은 그 청년을 떠올리며 빌딩 숲 사이를 그 시절의 밭두렁처럼 꿈을 꾸듯이 걸어나갔다. 자신이 걷고 있는 이 길

어딘가에 그의 웃음과 눈물이 서려 있으리라 생각하며.

쉬지 않고 한 시간을 빠듯이 걷고 나서야 태인은 서촌 골목 끝 낡은 대문과 마주할 수 있었다. 종착점을 코 앞에 두고 잠시 숨을 고른다. 후— 이렇게 오랫동안 밤길을 걸어본 것이 얼마 만인지. 이렇게 오랜 시간 외출을 해본 것은 또 얼마 만인지.

그는 길었던 외출의 마침표를 찍으며 대문을 넘는다. 어둠을 품은 채 고요하게 잠들어 있던 그의 아방궁이 고고한 자태를 뽐내며 주인을 맞이한다. 그제야 태인은 자신을 감싸고 있던 모든 취기에서 깨어나 정신이 번쩍 든다.

아, 더는 이곳에 자윤이 살지 않는구나.

자윤이 시를 썼던 방은 작은 도서관을 방불케 하는 태인의 멋들어진 서재로 변해 있었고, 생사가 갈라지는 와중에도 애틋하게 연서를 썼던 방공호는 태인의 작업실이 폼나게 덮어버리고 있었다. 그 어디에서도 자윤이 살았던 흔적은 찾아볼 수가 없었다. 오늘 하루 동안 태인이 걸었던 모든 길, 그 어디에서도. 너무나 많은 것들이 그가 살아온 기억들을 지워가고 있는 듯했다. 그 주범이 자신이라는 생각과 함께 갑자기 허망한 죄책감이 태인에게 해일처럼 밀려들었다.

태인은 벌겋게 달아오른 얼굴로 황급히 침실로 들어가 이불 속에 숨어버렸다. 그러고는 스르르 눈이 감길 때까지 한참을 숨죽이고 기다렸다. 그날 밤, 태인은 유령처럼 집안을 돌아다니는 한 남자와 만날 수 있었다. 그는 시종일관 태인에게서 등을 돌린 채 사뿐사뿐 걸어 다녔으며, 서재에 있는 책상에 앉아 미동도 없이 무엇인가를 골똘히 생각하고 써내기를 반복했다. '내가 구자윤이야' 말해주지 않아도 태인은 그가 자윤임을 확신할 수 있다. 그의 쇠잔한 뒷모습은 꿈에서도 태인을 울렸으니까.

"야 인마! 너 어제 어떻게 된 거야?"

남규는 아침부터 태인을 청문회에 앉힌다. 두 번째 담배를 발로 짓이겨 끌 때부터 예견하고 있던 일이었다.

"잠깐 화장실 간다고 일어났으면 화장실만 갔다가 얌전히 자리로 돌아올 것이지! 어떻게 애들한테 인사도 없이 그냥 집으로 가버릴 수가 있냐? 전화는 왜 또 그렇게 안 받아? 내가 얼마나 걱정 했는지 알아?"

눈도 제대로 못 뜰 만큼 퉁퉁 부은 얼굴로 자신을 쏘아보고 있는 남규를 보니 태인은 피식 웃음이 나온다.

"거짓말. 술을 얼마나 마셨는지 눈두덩이가 개구리마냥 퉁퉁 부었으면서 무슨."

"…티 나냐?"

3초도 못 가서 인정해버리고 마는 남규.

"당연히 티 나지! 몇 시까지 마셨냐?"

"새벽… 4신가, 5신가…."

"그렇게나 오래??"

"4차까지 달렸어, 4차까지! 아오, 진짜 죽겠네…."

"그때까지 와인만 마셨어?"

"그럴 수가 있냐. 너 전화 계속 안 받길래 집에 갔나 보다 싶어서 호프집으로 자리 옮겼지. 거기서 12시 넘기고, 경수가 갑자기 고갈비 땡긴다 그래서 3차로 고갈비에 소주. 그리고 마지막에 해장하러 가자고 뼈 해장국 집 갔다가 거기서 또 반주로 한두 잔 한다는 게 3병으로 늘어나고… 나 첫차 타고 집에 들어왔다."

"대단들 하셨네. 그 돈은 다 누가 냈고?"

"호프집까지는 우리끼리 회비 걷어서 냈고, 참! 네 몫은 내가 냈다. 이 먹튀야."

"본의 아니게… 미안."

"그리고 고갈비는 지원이 남자 친구가 와서 쏘고 갔어."

"다음 달에 결혼한다는 그 남자?"

"어? 너 그거 어떻게 알아? 결혼 발표는 고갈비 집에서 했는데?"

"그랬…나? 그냥 어찌어찌 들은 것 같아서…."

아차! 태인은 어물쩍 대화를 넘겨본다.

"아닌가… 와인 마시면서 했었나…?"

고개를 갸우뚱하고 있는 남규의 숙취가 고마운 태인이다.

남규는 태인과 지원 사이에 있었던 일에 대해서 전혀 아는 바가 없었다. 그날 밤 산장에서 있었던 일은 태인에겐 다시 떠올리고 싶지 않은 숙취 같은 기억이었으며, 자존심이 강했던 지원에게는 누구에게도 털어놓을 수 없는, 혼자서 조용히 삭히고 끝내야만 했을 수치스러운 기억이었다. 그들의 처음이자 마지막 밤은 그렇게 함구되었다.

"아무튼, 그 남자 외과 전문의래! 대박이지? 나이는 서른여섯이고. 무슨 마세라티를 끌고 왔어."

"아 그래."

태인의 대답은 짧고 간결했다. 그는 그저 이 대화가 빨리 지나가기를 바랄 뿐이다. 길게 끌어봐야 불편했던 날들만 떠오를 뿐, 좋을 것이 없을 테니까.

남규를 외면한 채 무심하게 떨궈진 태인의 시선은 식탁 위에 놓여 있던 김은국 작가 사진전 브로슈어에 멈춘다. 지난밤, 남규가 지원에게서 받아온 듯했다. 한국의 로버트 카파. 한국인 최초의 퓰리처상 수상자. 세계가 인정한 동양의 예술가. 그를 표현하는 수식어들만 봐도 그의 인생이 어떻게 흘러왔는지 알 수 있었다. 언젠가, 동아리방에서 그의 사진집을 본 적이 있었던가….

"야 근데 그 남자 너랑 좀 닮았다?"

남규는 대수롭지 않게 던진 말로 애써 딴생각 중이던 태인의 뒷덜미를 아찔하게 잡아챘다.

"…나랑?"

"어! 키도 너랑 비슷하고 말투도 너랑 비슷해! 얼굴보다는,

그냥 전체적으로 풍기는 분위기가 닮았달까? 지원이 가고 나서 남은 애들끼리 그랬다니까? 너랑 닮았다고."

"그렇구나…."

"너 꼭 데리고 오라고 하더라. 갈 거지?"

분명 가지 않을 태인이다. 하지만 이 자리에서 가지 않을 거라고 말해버리면 돌아오는 '왜?'라는 질문에 또 대답할 핑곗거리를 찾아야 한다. 이럴 때 태인의 선택은 늘 침묵이었다. 그는 대답 대신 자리에서 일어나 커피포트로 향하며 화제를 전환시킨다.

"커피 마실래?"

"아니. 커피 마시면 속 뒤집어질 것 같아. 동치미 국물 같은 거 없나? 한 사발 시원하게 들이켜면 좋겠구만."

간밤에 술을 적잖게 들이붓고 온 남규는 걸음걸음 앓는 소리를 내고 있었다.

"…혹시 대학교 도서관이나 이런 데 가면 옛날 졸업 앨범 같은 거 찾아볼 수 있을까?"

태인은 뜨거운 커피를 한 모금 마시면서 조심스럽게 운을 띄웠다.

"글쎄다? 도서관에 졸업앨범이 있었나… 도서관에 가 본 적이 없어서."

"우리 동창 중에 연대 간 애가 누가 있었지? 시현이었나?"

"아니 걔는 고대 갔지. 연대는… 가만 있어보자… 누가 가긴 갔는데 누구였더라…."

남규의 미간에 세심한 주름이 잡힌다. 그리고 이내.

"태진이! 안태진! 걔가 연대 경영학과인가 갔을걸?"

"아 그래? 너 지금 태진이랑 연락돼?"

"하려면 할 수는 있지. 근데 왜? 연대에 뭐 볼일 있냐?"

"연대 졸업생 명부 좀 확인하고 싶어서."

"그건 왜??"

태인은 머뭇거렸다.

"너 설마 구자윤 찾으려고??"

남규는 눈치가 빨랐다.

"왠지 그래야 할 것 같아서… 방공호에서 나온 물건들도 돌려드리고 싶고. 엄연히 수취인이 정해져 있는 편지를 이대로 계속 갖고 있는 것도 괜히 마음이 불편하고 그렇잖아. 한두 통도 아닌데…."

"구자윤이 살아 있다면 그 편지들이 방공호에 그렇게 있을 수가 없었지. 구자윤이 찾아갔을 테니까."

"편지를 방공호에 둘 수밖에 없었던 무슨 사연이 있을 수도 있지. 또 모르잖아?"

"그렇다 쳐도, 지금 그 사람 나이가 몇인데! 살아는 계시겠냐? 살아 계신다고 해도 아흔은 됐겠구만. 아이고 아서라."

"정확하게는 여든 여덟이지. 1950년에 스물두 살이었으니까."

"도긴개긴! 살아 있을 확률 별로 없다고 본다 나는."

"설마 다 돌아가셨을까… 꼭 구자윤이 아니더라도 사진 속 인물 중 한 분쯤은 살아 계시지 않을까? 그분들을 통해서 자윤을 찾을 수도 있는 거고, 자윤의 가족을 찾을 수도 있는 거고, 아님… 수희라는 여자에 대한 정보를 얻을 수도 있는 거고… 너는 궁금하지도 않냐?"

"뭐야… 왜 생전 안 하던 오지랖을 다 펴고 난리래? 너 밤사이 뭔 일 있었냐??"

이런 친구의 모습이 낯설다는 듯, 한껏 의심 서린 눈빛으로 남규는 태인을 본다.

"딴소리 말고. 얼른 태진이한테 전화해서 한번 물어 봐. 알아봐줄 수 있는지."

"하아. 일 크게 만드시네 진짜…."

남규는 마지못해 핸드폰 전화부를 뒤적거리기 시작했고, 이내 통화버튼을 눌렀다. 태인은 조금씩 심장박동수가 빨라지기 시작한다. 그렇게 30여 초가 흐르고.

"어 태진아!! 나야, 남규! 오랜만이지? 야, 다른 게 아니라 네가 연대 나왔지? 혹시 너 통하면 연대 졸업생 명부 좀 확인할 수 있으려나? …아니아니, 너 졸업할 때 말고 1950년대 졸업생인데 정확하게는 몰라. 그냥 너네 학교 도서관이나 자료실 같은데서 확인해볼 수 있지 않을까 싶어서… 어… 아니, 누구 좀 찾을 사람이 있어서… 어, 어, 어, 아 그래??"

수화기 너머로 들려오는 목소리에 짧게 대답만 하고 있었던 남규의 표정이 급격히 살아나면서 목소리 톤이 올라간다. 좋은 정보를 얻은 것이 분명해 보였다.

"건욱이가? 야, 그랬구나… 어, 그래그래 알겠어! 그래 고마워! 응."

"뭐래?"

남규가 전화를 끊자마자 태인은 잽싸게 묻는다.

"건욱이가 지금 연대 행정실에서 일한대. 걔 찾아가보면 될 것 같다는데? 너 건욱이 알지? 3학년 때 같은 반이었던."

기억난다. 송건욱. 시력이 무척이나 안 좋아서 돋보기 안경을 쓰고 다닌 탓에 별명이 왕눈이였던 건욱이. 태인과 건욱은 출석부에 차례로 올라가 있는 이름 때문에 일 년 내내 모든 조별수업과 주번 활동을 함께 해왔었다. 남규는 가끔씩 그를 건팔이라고 장난스럽게 부르기도 했었다. 그랬었다. 기억난다.

독수리상이 용맹하게 솟아 있는 캠퍼스는 온통 단풍으로 번져 있었다. 울긋불긋한 빛깔이 오늘따라 유난히도 푸른 하늘과 환상적으로 어우러지면서 그림 같은 풍경이 빚어지고 있었다.

"놓치고 지나갔으면 후회할 뻔했네…."

자신도 모르게 혼잣말을 내뱉던 그때. 멀리서 태인을 부르는 익숙한 목소리가 들려왔다.

"태인아!"

그 시절의 돋보기안경을 벗고 한층 멋있어진 건욱이 태인에게 다가오고 있었다.

"오랜만이다 건욱아! 안경 안 써서 못 알아볼 뻔 했어!"

태인은 손을 내밀었고 건욱은 반갑게 웃으며 그의 손을 잡는다.

"나 라식했어. 요즘 기술이 보통 좋아야지. 넌 여전히 잘생겼다 야! 늙지도 않았네."

"내가 뭘. 너야말로 멋있어졌네!"

여드름이 채 가시지 않은 젊은 학생들의 풋내 가득한 그곳에서 두 사람은 꺾어져가는 삼십대 아저씨들다운 인사를 나누고 있었다.

"와… 완전 유물이네 유물! 세상에 진짜 별일이 다 있다…."

건욱은 태인이 건넨 흑백사진을 보며 말했다.

"그러니까 네가 정작 찾으려는 사람은 여기 귀퉁이 찢겨나간 부분에 있던 사람이라는 거지?"

"응. 이름은 구자윤이고. 1950년에 시를 전공하는 3학년 학생이었다는 것까지만 알아."

"전쟁 나던 해에 3학년이었으면 졸업은 아마 52년이나 53년에 했을거야. 그 시절 졸업앨범은 따로 없고, 백주년 기념관 전시실에 그때 졸업생들 사진 몇 장 걸려 있으니까 우선은 그걸로 확인을 해보자."

"그래. 고마워."

"고맙긴… 야, 혹시라도 이 사진 주인 못 찾으면 나중에 우리 학교에 기증해주라. 전시실에 걸어두게!"

"그래. 내가 갖고 있는 것보단 전시되는 편이 더 낫겠다… 참! 너 혹시 천랑성이라고 들어본 적 있어?"

"천랑성? 그게 뭐야?"

"거기 사진 하단에 적혀 있는 글잔데, 혹시 학교랑 관련된 단어인가 싶어서."

"글쎄… 천랑성…? 처음 들어보는데?"

여전히 해소되지 않은 궁금증을 품고 태인은 건욱을 따라 백주년 기념관 안으로 들어섰다. 마침, 단체로 견학을 온 초등학생들과 콘서트홀에서 열리고 있는 한 유명인사의 강연회 때문에 기념관 안은 꽤 북적거렸다. 건욱은 빠른 걸음으로 태인을 이끌고 역사관으로 향했다. 이 학교의 역사가 연도별로 전시되어 있는 유리관 너머로 1953년 부산에서 찍은 졸업생들의 단체 사진을 볼 수 있었다. 서른 명이 채 안 되는 학생들이 교복을 입고 대열에 맞춰 서 있었다. 태인과 건욱은 유리관을 뚫고 들어갈 기세로 바짝 붙어 서서 사진 속 인물들을 한 명 한 명 대조해보기 시작했다. 그러기를 몇 분, 태인은 사진 속 네 명의 남자들 중에서 무려 두 명이나 찾아낼 수 있었다.

"찾았다!!"

태인의 목소리가 전시실에 쨍하고 울려 퍼졌다. 아주 잠시 동안 그는, 그 공간 안에 있던 모든 이들의 시선을 한 몸에 받아내야만 했다.

"이효신… 하고 신일영이네!"

건욱은 졸업사진 밑 설명란에 나열된 이름으로 그들의 신원을 확인했다. 빼빼 마르고 길쭉한 체구에 영 볼품없는 얼굴을 지닌 이의 이름이 이효신. 그리고 맹꽁이 같은 얼굴에 커다란 뿔테안경을 걸쳐놓은 이의 이름이 신일영이었다. 키 작고 땅딸막한 체구의 사내와, 시대를 불문하고 태어나도 손에 꼽히는 미남형인 사내의 모습은 보이질 않았다. 졸업사진 밑에 나열된 이름에서도 구자윤이란 이름은 찾아볼 수가 없었다.

"이름이랑 졸업연도 확인했으니까 동문회 명부를 찾아보면 알아낼 수 있을 거야."

우려와 달리 일은 생각보다 수월하게 풀리는 것 같았다.

사무실로 돌아간 건욱을 기다리며 태인은 이 학교의 명소인 노천극장 스탠드에 앉아 텅 빈 무대를 바라보며 커피를 마셨다. 공간을 메우는 가을바람은 잔잔한 물결이 일듯 태인을 흔들며 지나갔다. 오래된 봄날, 이곳 어딘가에 앉아서 수희에게 편지를 쓰던 자윤의 목소리가 들려오는 듯했다.

그는, 어떤 목소리를 가진 사람이었을까? 몸집이 작은 편이었으니 아마 굵은 저음에 울림이 가득한 목소리는 아닐 거야. 너무 카랑카랑한 하이 톤의 날카로운 목소리도 아닐 것 같고. 요즘 쓰는 표현대로 성대에서 꿀이 뚝뚝 떨어지는 달달한 목소리일까? 거칠고 남자다운 허스키 톤의 목소리는 상상 속에서도 매치가 안 돼.

그래! 그는 고요한 밤 촛불 하나에 의지한 작은 공간에서 시를 읽어주기 좋은 목소리였을 거야. 따뜻한 목소리. '안녕'이 한마디에도 진심이 묻어나는 목소리. 가만히 듣고만 있어도 위로가 되는 목소리. 그는 그런 목소리를 가진 사람이었

을 거야.

사무실에서 돌아온 건욱은 태인에게 메모지 한 장을 건넸다.

"신일영이라는 분은 20년 전에 지병으로 돌아가셨대. 그 전까지 여기 국문과에서 교수로 계셨더라고. 그리고 이효신이라는 분은 연락처는 따로 없이 주소만 기재되어 있는데 이게 아직까지도 맞을지는 모르겠다."

메모지에는 경상북도 울릉군으로 시작하는 주소가 적혀 있었다.

"내 능력은 여기까지다."

"고마워. 갑자기 연락했는데 이렇게 도와주고."

"고맙긴. 사는 곳도 가까운데 앞으로 자주 좀 보자! 나이 먹으니까 자꾸 옛 친구들 생각나고 그렇더라."

"그래. 그러자."

"아, 그리고!"

건욱은 잠시 동안 망설이다 어렵게 말을 이어나갔다.

"너희 부모님 소식…."

아… 이 말을 하려고 했었구나. 태인은 황급히 표정 관리에 들어간다.

"너무 늦게 들었어. 그래서 장례식도 못 갔다. 미안해…."

"미안하긴… 벌써 일 년도 더 지난 일인데."

"너 괜…찮지?"

"괜찮지 그럼. 괜찮아 정말. 연락할게! 고마워."

진심 어린 얼굴로 걱정을 해주고 있는 건욱을 향해 태인은 애써 미소를 활짝 지어 보이고 이내 돌아섰다.

결혼 35주년. 산호혼식을 기념하는 여행지로 태인의 부모님은 아르헨티나를 선택하셨었다. 오페라 극장을 리모델링한 것으로 유명했던 부에노스아이레스의 엘 아테네오 서점에 가보고 싶다던 어머니의 의견에, 페루의 마추픽추가 보고 싶다는 아버지의 의견이 더해지면서 두 분의 산호혼식 기념여행은 아르헨티나를 시작으로 칠레와 페루 그리고 볼리비아를 거쳐 브라질에서 끝나는 무려 3주간의 남미 투어로 확장되었었다. 35년을 각자의 커리어만 쌓느라 바쁘게 보내셨던 두 분은, 처음으로 일을 내려놓고 오붓하게 떠나는 여행 앞에서 소풍날 기다리는 어린아이들처럼 굉장히 들떠 계셨던 거로 태인은 기억한다. 그렇게 인천공항 출국장 앞에서 '다녀올게'라는 말을 남기고 떠나셨던 두 분은 태평양 한가운데서 흔적도 없이 사라진 채 영영 돌아오지 못하셨다. 한창 열대야로 뜨거웠던 7월의 어느 밤, 삼백여 명의 승객을 태우고 하늘로 솟았던 거대한 비행기는 전세계를 발칵 뒤집어놓고는 조용히 바다 속으로 잠들어버렸다. 그 사건이 있은 후 태인을 아는 모든 사람들이 그에게 괜찮으냐고 물었었다. 아주 진절머리가 나게 물어댔었다. 괜찮으냐고? 하루아침에 가족 다 잃고 세상에 홀로 남겨진 사람한테 괜찮으냐고? 이 황당한 난리 앞에 눈물마저 어이가 없어서 안 나오는데 괜찮으냐니. 과연 이게 괜찮을 수 있는 일인가? 아니, 괜찮아도 되는 일인가? 그들의 성화에 마지못해 괜찮다고 대답을 하면 그들은 '정말?'이라는 의문문을 재차 갖다 붙였다. 그가 정말 괜찮은지가 궁금한 것인지, 아님 괜찮아지길 바라는 마음에서 하는 소린지, 그것도 아님, 그저 '괜찮아, 나는 정말 괜찮아'라는 대답으로 자신들이 안심하고 싶은 것인지 의중을 알 수가 없었다. 조금 전 태인이 건욱에게 보냈던 미소는 그때 만들어진 것이다. 괜찮다. 라는 대답 대신 미소를 한번 지어주고 나면 그들은 그제야 '나는 괜찮아요. 자기 하나 챙기기도 버거운 시대에 굳이 나까지 신경 써줄 필요 없어요. 나는 정말 괜찮으니까요.'라는 뜻으로 해석하고 안심하는 얼굴로 돌아섰었다. 밥을 먹다가 젓가락으로 동맥을 끊어내도 전혀 이상할 것이 없어 보이는 얼굴에서 나온 미소를, 그들은 굳게 믿고 홀가분하게 돌아선 것이다. 그 여름, 태인은 많은 것을 잃었었다.

집으로 돌아오는 택시 안에서 태인은 핸드폰으로 울릉도에 가는 차편을 알아보았다. 울릉도로 들어가는 배는 포항, 묵호항, 안목항에서 탈 수 있었는데, 그는 포항을 선택했다. 마침 맞게 서울역에서 포항으로 가는 새마을호가 두 시간 뒤 출발 예정이었다. 그가 정방향 창가 자리로 좌석을 예매하는 사이 택시는 서촌 집 골목 앞에 도착해 있었다. 빠른 걸음으로 집에 들어서자 남규가 기다렸다는 듯 달려나와 묻는다.

"뭐 좀 알아냈냐?"

"어."

"구자윤도 찾았어? 살아 계시대??"

"이제 찾으려고."

"뭐야… 뭘 알아냈다는 거야?"

태인은 황급히 방으로 들어와 배낭을 꺼내 이것저것 챙겨 넣기 시작했다. 남규는 그의 뒤를 졸졸 따라다니며 꼬치꼬치 물어댄다.

"가방은 왜 싸는데?"

"나 잠깐 어디 좀 다녀올게."

"어딜?"

"울릉도."

"어디???"

예상치도 못한 대답에 남규는 화들짝 놀라며 반문한다.

"야 너는 무슨 울릉도를 요 앞 사거리 나가듯이 말하고 있냐?? 거길 갑자기 왜 가는데?"

"거기 계신대. 구자윤을 찾아줄 사람이."

"그래서 지금 이 시간에 울릉도를 가겠다고?? 울릉도를???"

"응. 차표 예매도 끝냈어. 4시 5분 기차. 포항으로 가는 거."

"거기 날씨 안 좋으면 못 들어갈 텐데? 여차하면 배 안 떠."

"당분간 비 예보 없이 화창하고 건조한 날씨가 이어질 거래. 오는 동안 다 확인해봤어."

"와…."

남규는 믿을 수 없다는 얼굴로 태인을 바라보고 있었다. 집돌이 박태인이, 어지간해선 동네 슈퍼도 안 나가는 박태인이, 혼자서 울릉도를 가겠다니. 그것도 자발적으로. 대체 이게 무슨 일이지? 하는 눈치다. 그럴 만도 하다. 지금까지 살아오면서 태인의 모든 여행은 언제나 남규에 의해 시작되었고, 남규의 주도 하에 진행됐었으니까. 태인은 단 한 번도 스스로 집을 떠나 낯선 곳을 가겠다는 생각이나 계획 따위를 가져본 적 없던 사람이었으니까.

남규는 조용히 태인의 이마에 손을 갖다 댄다.

"열은 없는데…."

그런 남규를 향해 태인은 씩— 한번 웃어준다.

"그래 뭐… 네가 자발적으로 여행을 떠나겠다는 그 자세는 참 좋아. 좋은 것 같아. 집돌이가 혼자서 울릉도까지 가겠다는데 그건 정말 장족의 발전이지 암~ 그치만 나는… 네가 꼭!! 그럴 필요까지 있을까 싶은데?"

"그럴 필요가… 있을 것 같아!"

태인의 목소리엔 전에 없던 확고함이 묻어 있었지만, 사실

그도 이런 확신과 믿음이 어디서부터 비롯되고 있는 것인지는 알 수가 없었다. 여행길 어딘가에서 이 확고함의 근원을 찾을 수 있게 되지는 않을까 하는 막연한 기대만이 있을 뿐.

옷가지와 세면도구 그리고 태블릿 PC와 기타 전자기기들, 마지막으로 자윤의 편지들을 배낭에 넣고 태인은 가장 편한 신발을 골라 신었다.

"그래서 언제 올 건데?"

남규의 목소리에는 걱정과 초조함이 동시에 묻어나고 있었다.

"모든 궁금증이 해소되고 나면."

"야! 뭐 그런 기약 없는 말을 하고 있어! 내일 자재도 들어온다는데 그거 나 혼자 다 어떻게 하라고!!!!"

"알아서 잘할 거잖아 너는. 금방 다녀올게!"

입술을 쭉 내밀며 투덜대는 남규를 뒤로하고 태인은 집을 나섰다.

난생처음 혼자서 자발적으로 떠나는 여행은 그렇게 불현듯 시작되었다.

여행 1

태인이 서울역에 도착했을 땐, 열차 출발 시간이 30분 정도 남았을 무렵이었다. 서울역은 KTX가 처음 생기고 서울에서 부산까지 당일치기 여행이 유행했을 때 남규를 따라 와본 이후 처음이었다. 생각해보니 남규와 당일치기 부산여행을 했던 것도 벌써 10년은 더 된 일이었다. 그사이 서울역은 격동하는 시대를 대변하듯 그 몸집이 위화감이 들 정도로 커져 있었다.

태인은 출출해진 배를 달래기 위해 역사 내 가장 구석진 곳에 위치한 작은 우동 가게로 들어갔다. 딱히 우동이 먹고 싶어서라기보단, 혼자 음식을 먹어도 불편하거나 어색하지 않을 공간을 찾다가 결정하게 된 곳이었다.

한산한 가게 안에는 머리가 희끗희끗한 중년의 남성 한 명이 홀로 앉아 우동을 먹고 있었다. 태인은 김치우동 하나를 시켜놓고 자리에 앉았다. 주문하고 얼마 지나지 않아 따끈한 우동이 김을 피워 올리며 그의 앞에 놓인다. 혼자서 밥을 먹는 것은 그에게 너무나도 익숙한 일이었지만, 집이 아닌 다른 곳에서 타인의 시선을 의식하지 않고 혼자 밥을 먹는 일은 영 어색한 일이 아닐 수가 없었다. 태인은 고개도 들지 않고 게 눈 감추듯 우동을 해치우고는 냉큼 자리를 뜬다.

포항까지 가는데 걸리는 시간은 총 5시간 20분. 한나절에 해당하는 이 긴 시간 동안 그는 뭘 하면서 가면 좋을지 고민했다. 남규가 동행했더라면 한시도 가만히 있지 못하는 그 녀석 성격 탓에 뭐든 쉴 새 없이 거리가 생겨나 이런 고민을 할 필요가 없었을 텐데, 진즉에 태블릿 PC에 영화라도 몇 편 넣어둘걸 하는 후회가 밀려온다.

편의점에서 간단한 음료수와 간식거리를 사 들고 열차를 타러 가는 길에 태인은 책과 신문을 파는 작은 가판대를 발견했다. 5시간을 책임져줘야 하는 만큼 얇은 잡지나 신문보다는 두꺼운 소설책이 좋겠다 싶었다. 신작 소설이 나열된 코너를 돌아보던 중, 태인은 공교로운 제목 하나를 발견했다.

『울릉도』

마치 그를 위해 준비되어 있었던 책처럼, 소설 울릉도는 플로리다 블루 빛 표지를 뽐내며 그가 집어주기만을 기다리고 있었다. 고민할 이유가 없다.

“이걸로 주세요.”

소설 울릉도의 저자가 정선우 작가였다는 것을 알게 된 건 정확하게 4시 5분에서 6분으로 넘어갈 때였다. 기차의 출입문이 닫히고 창문 밖 플랫폼에서 누군가를 배웅하던 사람들이 조금씩 멀어지고 있을 때, 태인은 책 표지 날개에 적힌 정선우 작가의 소개 글을 보고 있었다.

1955년 단편소설 「패잔병」으로 동아일보 신춘문예에 당선되면서 등단. 이후 20여 편이 넘는 베스트셀러를 집필한 명실공히 대한민국 대표 소설가. 그의 대표작으로는…

소설 울릉도는 정선우 작가가 15년의 공백을 깨고 발표한 장편소설이었다. 정연이 떠났던 그해, 정연과 같은 선택을 했던 일곱 명의 학생들을 두고 언론에서는 7인의 패잔병 사건이라며 떠들어댔고, 정선우 작가에게는 일곱 명의 어린 학생을 자살로 이끈 늙은 고집쟁이라는 꼬리표가 붙어버렸다. 그 사건 이후 정선우 작가는 공식적으로 절필을 선언했으며, 중고등학교 교과서에 실렸던 그의 단편들은 그해를 끝으로 교과서에서 사라져 다신 볼 수 없었다. 이미 그의 나이는 일흔을 넘긴 때였기에, 세상은 그의 절필 선언을 잠정적 은퇴로 볼 수밖에 없었다. 문단에선 연로한 작가의 불명예 은퇴를 놓고 내내 안타까운 목소리를 냈으나, 이미 백만 부가 넘게 팔리고 해외 40개국으로 판권이 팔려나갔던 그의 전작들은 오랜 시간이 지나도록 베스트셀러 자리를 굳건히 지킴으로서 그의 절필 선언을 무색하게 만들고 있었다. 그리고 15년 만에 컴백을 알리는 그의 신작이 지금 태인의 무릎 위에 올려져 있다. 계속해서 나는 이 책을 읽어나가야 하는 걸까? 태인의 속이 조금씩 시끄러워진다. 패잔병 사건 이후 태인은 정선우 작가의 작품은 그 어떤 것도 읽지 않았다. 매년 그를 노벨문학상 후보로

거론시키는 그 작품도. 유명한 감독, 유명한 배우를 통해 몇 편의 영화로 재탄생되었던 그 작품도. 태인은 하나도 읽은 것이 없었다. 그를 증오하거나 그의 작품세계를 폄하해서가 결코 아니었다. 그저, 아파서였다. 도무지 정선우 작가와 정연을 떼어놓고 생각할 수가 없었으니까. 세상은 죽은 일곱 명의 학생들만 기억했지, 정답이 바뀌면서 살아남은 수천 명의 학생은 철저하게 간과하고 있었다. 그 수천 명의 학생 중에 태인이 있었다는 것도. 태인은 수혜자임과 동시에 첫사랑을 잃은 피해자였으며 그로 인해 등급이 떨어졌을 누군가에겐 가해자이기도 했다. 어느 쪽으로 놓고 생각해도 태인에게는 그저 절망일 뿐. 덤으로 얻은 죄책감은 두고두고 그를 괴롭혀 왔다.

태인은 책 표지를 덮고, 창밖으로 시선을 돌린다. 기차는 한강철교 위를 빠르게 지나가고 있었다. 끝없이 펼쳐진 한강 위로 쏟아지는 햇빛이 강물 위에 수많은 별을 만들어내고 있었다. 그것들을 눈이 부실 때까지 바라보다가 태인은 눈을 감았다. 잠시 동안 눈을 감은 채 아무 생각도 하지 않으려 애를 썼다. 선로를 지나는 기차 소리가 귓가를 날카롭게 깨운다. 이윽고, 태인은 아픔을 마주할 용기로 소설 울릉도의 첫 장을 펼친다.

part 1 〈한 통의 전화〉

친구가 죽었다는 전화를 받았다.

로 소설은 시작되고 있었다.

400페이지에 달하는 소설을 절반 정도 읽고 고개를 들었을 때, 창밖의 풍경은 이미 암흑 속으로 다 사라지고 없었다. 기차는 동대구역을 지나 하양을 향해 달리고 있었고, 태인과 목적지 사이에는 아직도 한 시간 반이라는 물리적인 시간이 남아 있었다.

정선우 작가는 대한민국에 현존하는 작가 중 가장 뛰어난 작가라는 타이틀에 맞게 감흥을 자아내는 문체들로 태인을 끌어당기고 있었다. 페이지를 넘기는 동안 다른 생각은 아무것도 들지 않을 만큼 태인은 오롯이 그의 소설에 빠져 있었다. 우려했던 아픔 따위는 차마 느낄 새도 없이 그는, 문장으로 태인을 현혹시켰다. 허기진 배가 아니었으면 책장을 넘기다 목적지를 지나쳤을지도 모를 일이었다.

태인은 잠시 책을 내려놓고 서울을 출발할 때 편의점에서 구입했던 통밀 과자와 커피를 꺼내 요기를 시작한다. 창밖으로 펼쳐진 까만 밤을 아무 생각 없이 바라보면서 과자를 먹는데 문득 창문에 비친 자신과 눈이 마주치는 태인. 그는 먹던 것을 멈추고 잠시 동안 창문에 비친 자신을 바라보았다. 입가에 과자 부스러기를 묻히고 있는 그의 모습이 무척이나 낯설게 느껴진다. 한 번도 상상해본 적 없는 자신의 모습이었다.

이 여행을 굉장히 즐기고 있구나! 너.
마치 이런 순간이 오기만을 애타게 기다렸던 사람처럼.
많이 설레고 있구나.

창문에 비친 그가 자신을 보며 이렇게 말하고 있었다.

그래, 그랬나 봐.
이런 순간을 기다리고 있었나 봐.
다만 인지하지 못했을 뿐.

태인은 창문에 비친 그에게 그렇게 대답해주었다. 그러자 창문에 비친 그가 태인을 향해 따뜻한 미소를 보내준다. 그 미소, 35년을 살면서 단 한 번도 본 적 없는 미소다. 내가 저런 미소를 지을 수 있다고? 하는 그런 미소.

태인은 낯선 여행이 가져다주는 묘미에 서서히 취하고 있는 듯했다. 이 기분 그대로, 그는 다시금 책을 펼쳐든다. part 5 <청파를 삼킨 바다>가 그를 기다리고 있었다.

밤 9시 25분.

part 9 <잘 가게 그대, 나의 벗이여>만 남겨둔 채 태인은 포항역에 도착했다. 우람했던 서울역에 비하면 포항역은 간이역처럼 느껴질 만큼 작았지만, 오히려 그 클래식한 분위기가 낭만적으로 느껴진다.

태인은 역사를 나와 이 낯선 도시에 첫발을 내딛는다. 아직 아무것도 하지 않았는데 벌써 많은 것을 이룬 것처럼 황홀한 기분이 드는 건 왜일까.

그는 택시를 잡기 위해 큰길가로 나왔다. 늦은 밤이라 그런지, 거리는 매우 한산했다. 얼마 지나지 않아 택시 한 대가 그의 앞에 멈춰 섰다.

"어데여?"

뱃살이 두둑하게 오른 풍채 좋은 기사는 알아들을 수 없는 말로 태인을 맞이했다.

"…네?"

"어데여?"

"어…."

"아. 가시는 데가 어데냐꼬요. 와 말을 그래 못 알아먹심미꺼?"

"아… 죄송합니다. 저 여객선 터미널로 가주세요."

말 끝나기가 무섭게 기사는 액셀을 밟는다. 택시는 카운트다운을 마친 로켓처럼 도로로 발사되었다.

"설서 오셨습니꺼?"

"설…? 아! 네. 서울에서 왔어요."

"근데 이 시간에 여객선 터미날은 우얄라꼬 갑니꺼?"

"내일 울릉도를 가야 해서요. 배편 좀 알아보려고요."

"거 가봤자 다들 퇴근하고 없을낀데."

"출항 시간만 체크하려고요. 인터넷으로 검색해보면 조금씩 차이가 있어서… 근데 표가 없지는 않겠죠?"

"비수기라 표는 항시 있을낍니더."

"다행이네요."

포항역에서 여객선 터미널까지는 10분 남짓밖에 안 되는 꽤 가까운 거리였다.

"여행 잘~하고 올라가이소!"

"감사합니다."

택시에서 내리자, 진한 바다 내음이 기다렸다는 듯 태인을 격하게 파고들었다. 어딘지 환영받는 것 같은 이 생경한 느낌이 그를 또 한 번 들뜨게한다.

여객선 터미널 안은 매우 고요했다. 침침한 불빛 아래 텅 빈 대합실은 27년 전 한 정치인이 기증한 낡은 괘종시계 바늘 소리만 무겁게 울리고 있을 뿐이었다.

태인은 매표소 위에 걸려 있는 여객선 운임표를 확인한다. 아침 9시 40분에 출발해 12시 40분에 울릉도 도동항에 도착하는 배가 있었다. 요금은 64,500원.

터미널 바로 옆에 해수욕장이 있어 숙소는 어렵지 않게 찾을 수 있었다. 태인은 해안가를 따라 쭉 늘어서 있는 모텔 중 가장 최근에 지어진 것으로 보이는 건물로 들어갔다.

"방 하나만 주세요."

카운터에 앉아 있던 중년의 부인은 바다가 한눈에 들어오는 테라스가 있는 5층 방으로 그를 안내했다. 은은한 펄이 감도는 골드색의 벽지가 아늑한 분위기를 연출하고 있었다.

"담배는 테라스에서만 피우셔야 됩니더."

다행스럽게도 태인은 그날 서교동 골목에서 피웠던 두 개비의 담배를 끝으로 다시 금연 중에 있었다.

"저 담배 안 피워요."

그럼 됐고. 라는 눈빛을 흘린 채 중년의 부인은 카운터로 내려간다.

집을 떠난 지 장장 7시간 만에 다시 얻은 혼자만의 공간이었다. 테이블 위에 가방을 내려놓고 그 위에 겉옷을 벗어 던지며 태인은 침대로 뛰어들었다. 노곤함이 밀려온다. 이제 뭐 하지? 잘까? 아니지. 샤워부터 할까? 잠시만 이대로 누워 있을까? 고민하고 있던 그때, 배 속에서 파도에 자갈 굴러가는 소리가 요동을 치며 들려왔다. 아! 밥부터 먹어야겠구나. 태인은 다시 일어나 겉옷을 걸친다.

이미 많은 식당이 문을 닫았거나, 닫아가는 중이었다. 태인은 모텔 뒷골목에 위치한 가게 중 유일하게 불이 켜져 있는 식당으로 들어갔다. 특별한 간판도 없이 작고 허름한 이 식당 안엔 취기가 오를 대로 오른 아저씨 세 명이서 매운탕을 안주 삼아 소주를 걸치고 있었다.

"어서 오이소."

드르륵 하며 열리는 미닫이문 소리에 주방에서 설거지를 하고 있던 깡마른 여주인이 고무장갑을 벗으며 황급히 나온다.

"지금 뭐 되나요?"

"안 되는 거 말곤 다 됩니더. 뭘로 드릴까예?"

"어…."

"매운탕 드이소, 매운탕! 이 집은 매운탕 국물이 기가 막히다 아잉교!"

벽에 붙은 메뉴판으로 시선을 돌릴 새도 없이, 정수리까지 빨갛게 달아오른 아저씨가 식당 안이 쩌렁쩌렁 울릴 만큼 큰 소리로 참견했다.

"아… 그럼 그걸로 주세요."

태인은 어색하게 웃으며 말한다.

"소짜로 드리면 되지예?"

"네."

"앉아 계이소."

태인은 창가 옆 테이블에 앉아 매운탕이 나오길 기다리면서, 아저씨들이 나누는 대화를 고스란히 들어야만 했다. 토박이들끼리 나누는 경상도 사투리를 모두 해석하기란 불가능했으나 대충 짐작하기론, 한 아저씨의 큰 딸이 서울에서 대학원을 다니며 박사 과정을 밟고 있었는데 어느 날 갑자기 대학도 안 나온 놈하고 눈이 맞아 공부고 뭐고 다 때려치우고 결혼을 하겠다고 들어 집안을 발칵 뒤집어놨다는 주제를 놓고, 다른 두 아저씨가 감 놔라 배 놔라 하시면서 다 같이 역정을 내는 분위기인 것 같았다. 죽을 똥 살 똥 그물 길어 올려서 공부시켜놨더니 얼굴만 뻰지르르한 놈한테 낚여서는 천지 분간을 못하고 있다고. 그러게 다리도 불편하신 양반이 어쩐다고 애를 그 먼 데까지 유학을 시켜놨냐고. 서울은 시골 사람 등쳐 먹는 사기꾼이 득실대는 동네라서 안 된다고 내가 진즉에 말리지 않았냐고. 아저씨들의 열띤 대화는 좀처럼 식을 줄을 모르고 있었다. 남의 집 사정에 제집 일처럼 열을 올리고 있는 그들의 모습에서 태인은, 작년 여름 남규의 얼굴을 볼 수 있었다. 날벼락처럼 찾아왔던 비행기 사고로 제정신이 아니었던 태인을 대신해 부모님의 장례를 모두 치러낸 건 남규였다. 사고가 났다는 뉴스 속보가 뜨는 순간부터 장례를 끝내고 부모님의 유품을 정리하고 유산을 상속받는 그 모든 과정을 지나는 동안 태인의 곁엔 늘 남규가 있었다. 그때는 미처 알지 못했다. 남규가 자신에게 보여준 우정의 크기가 얼마나 대단하고 뜨거운 것이었는지를. 자신의 눈앞에 저들을 보면서 태인은 이제야 비로소 깨닫고 있는 기분이다.

"쪼매 시끄럽지예? 이해하소 마. 즈짝 딸내미가 서울대를 수석으로 들어갔던 수재 아이었능교. 동네마다 플랜카드 걸고 마 사람이란 사람은 죄다 불러다가 잔치를 열고 마 자랑을 해쌌는데 즈 사달이 났다 아잉교. 즈짝 아재가 속이 마이 탈낍니더."

여주인은 태인의 앞에 상을 차리며 속삭였다.

"괜찮습니다."

"쪼매 끓거들랑 드이소."

팔뚝만 한 우럭 한 마리가 통으로 들어 있는 매운탕 냄비가 그의 앞에 놓였다. 선택의 여지가 없었던 상황에서 맞이한 기대 이상의 호화로운 밥상 앞에 자신도 모르게 침이 꿀꺽 넘어간다.

"소주도 한 병만 주세요."

여주인은 경상도 지역에서만 판매된다는 소주 한 병과 잔을 내려놓고 부엌으로 총총히 사라졌다. 태인은 매운탕이 끓어오르길 기다리면서 잔에 소주를 반 정도 채웠다. 사실 술 생각이 딱히 있었던 것은 아닌데, 왠지 이 매운탕 앞에서는 소주를 반드시 마셔줘야만 할 것 같은 기분이 든다. 이름도 생소한 그 소주는 입안에 들어오자마자 알싸하게 퍼져나갔다. 태인은 적당히 끓어오른 매운탕 국물 한 숟가락을 얼른 떠먹는다. 건너편 테이블에서 거친 대화를 이어나가고 있는 아저씨의 말대로 매운탕 국물은 정말 환상적이었다. 감탄을 금치 못할 만큼. 태인은 또 한 잔의 술을 입에 털어 넣는다.

태인이 소주 한 병을 다 비울 때쯤, 딸내미 때문에 고민하던 아저씨는 결국 울음을 터뜨리셨다.

"내가… 이랄라꼬… 이래 인생 디게 산게 아인데… 아인데… 아인데…."

"와 울고 그라노… 울지 마라 마…."

"행님이 오죽하믄 이라겠능교. 화 마… 내도 마 눈물 날라 카네…."

그렇게 얼마 지나지 않아 식당은 눈물바다가 되어버렸고, 태인은 그들이 서로의 덩치를 한 팔로 감싸고 뜨겁게 위로를 나누는 모습을 보며 식당을 나왔다.

태인의 걸음은 자연스레 바다가 있는 방향으로 향했다. 천천히 구름 위를 걷듯 모래사장을 걸어 바다가 있는 방향으로 나아갔지만, 바다는 칠흑 같은 어둠 속에 삼켜진 채 좀처럼 그 모습을 드러내지 않고 있었다. 그저, 귓가에 들려오는 파도 소리가 조금씩 커지는 것으로, 코끝에 맺혀오는 바다 내음이 조금씩 진해지는 것으로, 바다가 가까워지고 있음을 느낄 뿐이다.

그는 그 모래사장 어디쯤에 머물러 제법 긴 시간 동안을 바다와 마주했다. 아무런 상념에도 사로잡히지 않은 채 오로지 바다와 단둘만의 시간을 보냈다. 그 또한 그의 인생 첫 경험이었으리라.

다음 날 아침, 태인은 일찌감치 퇴실을 하고 나와, 근처의 분식집에서 라면으로 가볍게 해장을 하고 터미널로 향했다.

대합실은 단체 관광객들의 행렬로 꽤나 북적거렸다. 괘종시계만이 호젓하게 공간을 채우던 지난밤과는 달리, 오늘의 이곳은 유원지를 방불케 하는 생동감과 활기로 넘쳐나고 있었다.

“9시 40분에 울릉도로 출발하는 표 한 장만 주세요.”

“왕복으로 드릴까요?”

“어⋯.”

그는 잠시 머뭇거렸다. 울릉도에서 자신에게 어떤 일이 벌어질지 그 어느 것 하나도 선불리 예상할 수가 없었다.

“편도로 주세요.”

일단은 가자. 울릉도로 들어가서 이효신이라는 분을 만나는 것까지만 생각하자. 돌아오는 길은 답을 찾고 나서 생각해도 늦지 않으니까.

태인은 각양각색의 아웃도어 군단을 따라 거대한 배 위로 탑승했다. 그제야 제대로 바다를 본다.

간밤에 내가 한참을 마주하고 있던 바다가 너였구나. 이렇게 깊고 푸르렀구나.

정선우 작가는 소설 『울릉도』에서 이 바다를 두고 '청파를 삼킨 바다'라고 표현했었다. 푸른빛의 언덕을 삼킨 바다. 그 표현대로 바다는 정말 푸르디푸른 청색의 빛을 띠고 있었다.

태인은 배가 출항하고 30여 분가량을 갑판 위에서 경치를 구경하다 실내로 들어왔다. 미처 다 못 읽었던 『울릉도』의 마지막 파트를 읽을 요량이었다. 그는 사람들 무리와 조금 떨어진 곳에 앉아 가방을 풀고 책을 꺼내 들었다. 다행히 멀미 기운은 느껴지지 않는다.

너를 돌려주러 가는 길. 나는 주름이 자글하게 피어오른 너의 영정과 마주하고 있다. 그토록 온화한 미소로 너는 울컥 올라오는 나를 다독여준다. 오랜 업을 잘 마치고 다시 자연으로 돌아가는 너. 마지막 죽마고우를 떠나보내는 이 길 위에서 나는 울지도 못하고 그저, 너의 영정을 바라보는 것으로, 하염없이 바라보는 것만으로 모든 슬픔을 대신한다.

잘 가게 그대, 나의 벗이여. 나의 오랜 세월이여.

친구의 장례식에 참석하기 위해 울릉도에 간 '나'의 이야기를 다룬 소설은 이렇게 끝을 맺고 있었다. 절필을 끝내고 문단으로 복귀한 정선우 작가는 매일매일 유작을 쓰는 심정으로 글을 써나간다고 작가의 말에 적어놓았다. 소설가에게 유작을 쓰는 심정이란 어떤 심정일까. 누구도 가히 짐작할 수 없으리라.

배는 어느덧 울릉도 도동항에 도착해 있었다. 울릉도의 바다는 포항의 푸른 바다색보다 조금 더 녹색이 가미된 청록에 가까운 빛을 띠고 있었다. 태양은 따뜻했고 바람도 산뜻했다. 울릉도에서는 일 년에 몇 번 볼 수 없는 그런 청명한 날씨라고, 이런 날 배를 타셨으니 운이 좋았다고, 항구 근처에서 좌판에 마른오징어와 호박엿을 펼쳐놓고 팔던 노인의 말이 그랬다. 태인은 남규를 위해 호박엿 두 봉지와 오징어 한 축을 구매했다. 가뜩이나 집을 비워 뿔이 나 있을 텐데 기념으로 뭐라도 사가야 녀석의 마음이 조금은 풀어지겠지 싶어서.

노인에게 오만원권 지폐 한 장을 건네고 돌아선 태인은, 항구 근처에서 대기 중이던 택시로 향했다. 울릉도는 지형의 특성상 깎아지른 산길을 오르는 일이 많기 때문에 도시의 택시와는 달리 전 차량이 SUV 사륜구동 차종들로만 구성되어 있었다. 태인은 보잉 선글라스를 끼고 운전석에 앉아 창문에 팔을 걸쳐놓은 채 손님을 기다리고 있는 기사에게 가서 물었다.

"기사님, 저 서면으로 가려고 하는데요."

"예약하셨심니꺼?"

"아니요. 제가 급하게 오게 된 거라… 미리 예약을 해야 되는 건가요?"

"예약 안 하셨으믄 기사 찾기 힘들낀데…."

울릉도에서 택시는, 주로 개인이나 가족 단위로 섬을 찾는 관광객들에게 섬 투어를 위한 수단으로 이용되고 있다고 했다. 관광객들이 울릉도에 머물러 관광을 하는 1박 2일 또는 2박 3일 동안 지정된 택시가 그들을 태우고 다니며 케어하고 좋은 장소를 소개해주는 등 가이드 역할을 하는 셈이었다. 심지어 택시회사 자체에서 관광 코스를 따로 만들어 운영할 정도라고.

"쪼매 있어보이소."

기사는 어디론가 전화를 걸었다.

"…아 아재요! 아재 오늘 예약 읎지예? 여 도동항에 손님 한 분 와 계시는데, 서면으로 가신다 카는데 아재 나오실랑교? … 알았심더."

기사의 보잉 선글라스에 초조한 얼굴로 서 있는 태인의 모습이 비치고 있었다.

"10분만 여서 기다려보이소. 고마 한 사람 나온다 카네예."

"감사합니다!"

경상도 사내 특유의 무뚝뚝한 친절을 볼 수 있었다. 정확히 10분 후, 혼자 멀뚱하게 서서 무리 지어 다니는 사람들을 구경하고 있던 태인의 앞에 렉스턴 차량 한 대가 멈춰 선다.

"서면 가신다 캤지예? 마 타이소!"

인중과 턱선을 따라 수염이 덥수룩하게 나 있는 기사는 마치 서부영화 속에서 갓 튀어나온 듯한 비주얼을 뽐내며 태인을 향해 찡끗! 윙크를 날린다.

잘 포장된 해안도로를 따라 30여 분을 시원하게 달렸다. 태인은 창문을 열고 자신에게로 달려드는 바람을 기분 좋게 안

왔다. 몇 번의 터널을 지나는 동안에도 바다는 끝없이 펼쳐지고 있었다.

경상북도 울릉군 서면 남양리. 울릉 이신 교회.

태인의 목적지였다.

"나오실 때는 우예 나오실랍니꺼?"

차비를 지불하던 태인에게 기사는 묻는다.

"글쎄요. 아직 거기까지는 생각을 못해봤어요."

"마 금방 나가신다 카믄 근처에 있을 끼고, 마 자고 가신다 카믄 낼 다시 올 끼고. 우야믄 좋겠습니꺼?"

"아마 자고 가진 않을 것 같아요. 근데 여기서 얼마나 머무를지는 모르겠어요."

"마 그라믄 근처에 있을라니까 일 다 마치고 나믄 전화 주이소."

기사는 태인에게 명함을 내밀었다. 장호방. 이름과 외모와 성격이 한 번에 매치되는 보기 드문 캐릭터다.

"그럴게요."

태인은 흔쾌히 명함을 받아들고 차에서 내렸다.

교회 건물은 상당히 아담했고 다소 낡은 듯했지만 가구가 많지 않은 이 시골 동네에 이질감 없이 잘 스며들고 있었다. 태인은 천천히 교회 안으로 들어갔다. 예배당 입구 옆에 있는 작은 사무실에서 인기척이 들려왔다.

"실례합니다."

그는 사무실 문을 두드렸다. 이내, 안경을 코끝에 걸친 칠십 대 후반의 할머니 한 분이 고개를 내민다.

"저, 이효신 목사님을 만나 뵈러 왔는데요."

할머니는 잠시 동안 태인을 빤히 보더니 "쪼매 기다리소." 하고는 문을 닫고 들어갔다. 태인은 어딘지 모르게 불청객이 된 것 같은 느낌을 지울 수가 없었다. 뻘쭘해진 얼굴로 그 앞을 5분 정도 배회했을까? 키가 크고 호리호리한 체형의 오십 대 남성이 교회를 향해 걸어오는 모습이 보였다. 여든을 훌쩍 넘기신 그분이라고 치자니 믿기지 않을 만큼 동안이고, 아닌가 보다 하기엔 사진 속 얼굴과 많이 닮았고, 그렇다면 그분은 아니고 그분의 아들쯤이려나? 생각하던 그때.

“이효신 목사님을 찾아오신 분인가요?”

그는 서울말을 쓰고 있었다.

“네. 그분을 만나 뵙고 싶은데요.”

“실례지만 목사님과 관계가 어떻게 되는 분이시죠?”

“아 저는….”

마땅히 자신을 설명할 길이 없었던 태인은, 지갑 안에 넣어 두었던 흑백사진을 꺼내 보인다.

“이 사진을 발견한 사람입니다.”

듣는 사람에게는 뜬금없겠지만, 그것이 그가 할 수 있는 최선의 설명이었다. 사진을 받아든 남성은 적잖이 놀란 얼굴로 태인에게 물었다.

“이 사진을 어떻게 발견하게 되셨습니까?”

“제가 서울 효자동에 한옥을 한 채 매입하게 됐는데, 공사를 하던 중에 발견하게 됐습니다. 여기 이분이 이효신 목사님 맞으시죠?”

태인은 사진 속 그를 가리키며 물었다.

“일단 이쪽으로 오시죠.”

그제야 그는 태인을 자신의 사무실로 안내한다.

벽돌색 가구들로 채워진 작은 방에서 두 사람은 허브 티를 앞에 두고 마주 앉았다.

"이효신 목사님은 저희 아버님이십니다. 이 교회 목사셨고, 저도 지금 목회 일을 보고 있지요."

역시.

"사진 속 얼굴하고 많이 닮으신 것 같아서 예상은 하고 있었습니다."

"이 사진은 저도 한 번도 본 적이 없는 사진인데 참 귀한 사진이네요. 동란 때 할아버님 댁에 포탄이 떨어져서 아버님의 유년시절 물건이 다 타고 없어지셨거든요. 어딘가에 이런 사진이 남아 있을 거라곤 생각도 못했습니다."

"목사님께서 이 사진을 보시면 굉장히 기뻐하시겠네요."

"그랬으면 좋았을 텐데…."

말끝을 흐리는 그에게서 불길함이 느껴진다.

"아버님께서는 작년에 소천하셨습니다."

"…아."

남규가 우려했던 순간은 생각보다 너무 빨리 찾아왔다.

맥이 풀려온다. 오직 이효신. 그를 만나겠다는 일념 하에 오랜 시간 기차를 타고 배를 타며 마침내 당도했다 기뻐했던 태인의 여정이 모두 허무하게 잃어지고 있었다.

“헌데, 이 사진을 전해주시기 위해 이곳까지 오신 겁니까?”

“그런 건 아니고, 사실 제가 이 사진과 함께 발견한 편지들이 있습니다. 당시 목사님과 함께 연희대에서 공부했던 구자윤이라는 학생이 한 여인에게 쓴 편지들이죠. 저는 구자윤이라는 분을 찾기 위해 이곳에 온 것입니다. 목사님께서 그분에 대해 아시는 바가 있으실까 싶어서요. 혹시, 그 이름을 들어보신 적은 있으신가요?”

“구자윤….”

그는 조용히 그 이름을 읊조린다. 그러고는 이내 단호하게.

“아니요. 그 이름은 들어본 적이 없는 것 같습니다.”

작게나마 남아 있었던 태인의 마지막 희망이 멀리로 아득해져가던 그 순간.

“정 선생님은 아실지도 모르겠네요.”

그가 아득해져가는 태인의 희망을 잡는다.

“정 선생님요? 그분은 누구시죠?”

“소설가 정선우 선생님이요. 여기 이분이 바로 정선우 선생님이시죠. 혹시 최근에 출간하신 소설 『울릉도』를 읽어보셨습니까?"

태인은 온몸에 전율이 일었다. 그 이름을 이 자리에서 들을 줄이야. 그의 투박한 검지는 시대를 불문하고 태어나도 손에 꼽히는 미남, 그 사람을 정확하게 가리키고 있었다. 친구의 장례식에 참석하기 위해 울릉도에 왔다는 소설 속의 '나' 그분. 매일매일 유작을 쓰는 심정으로 글을 써나간다던 그분. 태인에게서 첫사랑을 앗아갔던 그분. 대한민국에 현존하는 작가들 중 가장 뛰어난 작가라 불리는 그분. 그분이 그 사진 속에 있었다.

"선생님은 지금 어디에 계시죠?"

"아마 거제도에 계실 겁니다. 고향이시거든요."

거제도. 자윤의 편지 어딘가에 등장했었던. 거제도가 고향이라던 낚시 잘하는 그 벗이 정선우 작가였구나. 머릿속에 어지럽게 펼쳐져 있었던 퍼즐 조각들이 하나하나 맞춰지는 느낌이다. 그래. 그분은 아실 것이다. 분명, 아실 것이다. 희망은 다시 팽창한다.

"선생님의 연락처를 좀 알 수 있을까요?"

멀지 않은 곳에서 기다리고 있었던 장호방 기사의 렉스턴 택시를 타고 태인은 14시 30분에 포항으로 떠나는 마지막 배를 타기 위해 다시 항구로 향했다.

"가신 일은 우예 잘 해결됐습니꺼?"

"네. 얻을 만큼 얻고 나왔어요."

"잘됐네예. 이제 어데로 가십니꺼?"

거제도요. 저는 거제도로 가요.

여행 2

울릉도를 떠난 지 11시간 만에 태인은 거제도 장승포 터미널에 도착했다. 어제 낮, 울릉도를 떠나는 배 위에서 그는 정선우 작가에게 전화를 걸었었다.

구자윤이라는 분이 쓰신 편지를 갖고 있습니다.

라는 말에

지금 어디 계십니까?

라고 되묻던 그 목소리는 굉장히 기개가 넘치고 한껏 상기되어 있었다.

그가 일러준 대로 태인은 포항에 도착하자마자 시외버스 터미널로 가서 부산으로 향하는 버스에 올랐다. 한 시간 20분 정도를 달려 도착한 부산 노포동 터미널에서 다음 날 아침 장승포로 가는 버스표를 예매해놓고 터미널 근처에 있는 모텔 아무 곳이나 잡고 들어갔다. 빠르게 밀려오는 여독 때문에 방은 깨끗한지, 최근에 지은 곳인지, 까탈스럽게 고를 정신이 없었다. 어디든 머리 대고 누울 자리만 있으면 된다는 생각이었다. 35,000원 짜리 방에서 그들이 현수막까지 걸어놓고 자랑한 150m 천연 암반 지하수로 샤워를 하고, 태인은 젖은 머리를 말릴 기운도 없이 그대로 쓰러져 아침이 올 때까지 깊은 잠에 빠졌다. 그 덕에 어제보단 한결 가벼운 몸으로 그는 장승포행 버스에 오를 수 있었다.

경상남도 거제도.

경상북도인 포항과 울릉도에 이어 난생처음 밟아보는 또 다른 도시다. 버스에 앉아 창밖으로 지나가는 풍경을 멍하니 바라보면서 어쩌다 이곳까지 오게 됐는지를 생각하니, 태인은 실소가 절로 났다. 남규가 들으면 기함을 하겠지.

손목시계는 오후 1시 30분을 가리키고 있었다. 태인은 간단히 점심을 먹기 위해 마땅한 장소를 찾다가 터미널 근처에 있는 옥수 시장으로 들어서게 됐다. 창고형 대형마트와 편의점에만 익숙해져 있던 그에게 전통시장이 가져다주는 분위기는 매우 신선했다. 오래 전 잃었던 동심이 새록새록 피어오르는 듯 태인은 시장 내 이곳저곳을 구경하다가 발길이 멈추는 식당을 골라 들어갔다. 열 평이 채 안 되는 간이식당의 메뉴는 단 한 가지. 콩국수였다. 허리가 굽은 백발의 할머니는 태인이 들어오자마자 묻지도 않고 기다렸다는 듯 주방에서 콩국수 한 사발을 내왔다. 테이블 위에 놓여 있던 설탕과 소금을 입맛에 맞게 쳐서 먹으면 되는 거였다. 그러나 주인 할머니의 연륜이 묻어나는 고소한 콩국수는 따로 양념을 칠 필요가 없이, 있는 그대로 훌륭했다. 여행 3일 차. 더 이상 남의 시선을 의식하지 않고 편하게 식사가 가능해진다.

국물까지 깨끗이 비운 태인은 근처 제과점에서 선우를 위한 수제 양갱 한 세트를 구입하고 택시에 올랐다.

"어데로 가십니꺼."

"망치리로 가주세요."

"하이고야, 위에서 오셨는갑네. 여까정 우얀일로 오셨능교?"

포항과 울릉도에서 들었던 사투리와는 또 다른 느낌이다. 걸쭉한 남성의 목소리로 들어도 확실히 좀 더 유들유들하고 애교가 섞여 있었다.

"여행 중이에요."

"어데어데 댕겨오셨능교?"

"포항이랑 울릉도랑 부산이요."

"아따 마 쥑이네~ 싸나이다 싸나이! 마 가을 싸나이! 허허허 허허."

택시 기사는 뭐가 그리 신나는지 큰 소리로 웃어댔고, 태인은 환영의 의미로 기분 좋게 받아들였다.

유쾌한 기사와 함께 20분 정도를 달리고 나니 해수욕장과 함께 예쁜 펜션으로 가득한 동네가 모습을 드러냈다. 우와… 자신도 모르게 감탄사가 절로 튀어나오는 풍경이다.

"쥑이지예. 여가 망치립니더. 여를 두고 한국의 지중해라 안 캅니꺼. 지금은 비성수기라 쪼매 한가해도 6월 부터 8월 말까지는 마 바글바글합니더. 내년 여름에 다시 한 번 오이소. 마기가 막힐낍니더."

"네. 그래야겠네요."

인형의 집처럼 근사하게 지어진 펜션들을 지나, 택시는 산 중턱쯤에 위치한 2층짜리 목조주택 앞에 태인을 내려준다. 이국적으로 지어진 주변의 집들과는 달리 너와로 지붕을 올린 한국적인 디자인이 굉장히 아름다운 집이었다. 택시가 오는 소리를 들었는지 현관문을 열고 머리가 하얗게 센 노인이 마당으로 내려왔다. 180이 훌쩍 넘는 큰 키에 기골이 장대하고 힘 있는 걸음걸이가 한눈에 보아도 정선우 작가임을 알 수 있었다.

"안녕하세요 선생님. 전화드렸던 박태인입니다."

"어서 와요. 먼 길 오느라 고생했어요."

하며 손을 내미는 이 사람. 태인은 호젓한 산길에서 대적할 수 없는 고수와 마주한 기분이다.

선우의 서재는 최고급 목재만 사용해 정교하게 빚어놓은 가구들과 그 속을 가득 채우고 있는 책들로 인해, 온통 나무와

종이 냄새로 가득 차 있었다. 마치 깊은 숲 속 어딘가에 아무도 모르게 위치한 비밀의 장소에 앉아 있는 기분이 드는 태인이다. 자신의 서재는 갖다 붙일 수도 없을 만큼 웅장한 그곳에서 그는 선우가 손수 타준 커피를 마시고 있었다. 선우는 태인이 내민 흑백사진을 바라보며 한참 동안 말이 없었다. 침묵이 길어지자 견딜 수 없는 어색함이 태인을 누르기 시작한다.

"젊은 시절 선생님의 외모에 무척이나 놀랐습니다. 정말 잘 생기셨어요. 물론 지금도."

태인은 내내 품고 있었던 생각을 너무나도 솔직하게 내뱉어 버렸다. 선우는 개의치 않는다.

"보고 싶었던 얼굴들이 이 안에 다 있군요. 효신이… 일영이… 장호…."

장호. 새로운 이름의 등장이다.

"장호라는 분이 맨 왼쪽에 계신 분인가요?"

"맞아요. 장난꾸러기처럼 생긴 이 녀석. 이장호. 전쟁 때 이질을 앓고 죽었지요."

"아…."

다시 숨 막히는 어색함이 밀려온다.

"여기 자윤이 그 아이가 있었는데…."

선우는 사진의 찢어진 한 귀퉁이를 보며 안타깝게 말했다.

"그분께서 직접 찢어내신 거예요. 고향으로 보내는 편지에 넣으시느라."

"그랬군요…."

"혹시, 이 여자분은 기억이 나시나요, 선생님?"

태인은 수희의 사진을 조심스럽게 내밀었다. 선우는 또 말없이 한참을 들여다본다.

"글쎄요. 나는 이 여인을 주의 깊게 보질 않아서… 그다지 인상적인 외모는 아니었던 것 같은데…."

"그분 눈에는 선녀가 따로 없으셨나 봐요. 편지를 쓰시면서 많이 행복해하셨거든요. 가슴에 품은 여인에게 이런 편지를 쓰고 있는 자신의 삶이 매우 낭만적이라며. 만나지 않아도 사랑은 계속되고 있다고, 그 마음이 언젠가는 이분께 도달하는 날이 올 거라고 믿으시면서 많이 설레하셨습니다."

"이 편지들을 방공호에서 발견했다고요?"

"네, 전쟁이 터지고 서울이 함락됐을 때, 옆방에서 같이 하숙을 하던 서울대생 친구가 인민재판으로 죽었거든요. 그날

이후부터 서울이 수복될 때까지 꼬박 3개월을 방공호에 머무셨어요."

"그 모든 내용이 이 편지들 속에 나와 있나요?"

"네…."

선우는 눈앞에 놓인 이백열일곱 통의 편지들을 보며 한동안 말이 없었다.

"읽어보시겠어요?"

태인은 조심스럽게 말했다.

"다 읽어보려면 시간이 좀 필요하겠네요. 바쁘지 않으면 하루만 내 집에서 머물다 가는 게 어떻겠어요?"

예상치 못한 돌발 상황은 또 이렇게 태인을 당혹시킨다. 은퇴도 마음대로 못하는 거장을 이렇게 독대하고 있는 것도 모자라 그분의 거처에서 하룻밤을 묵는다니.

"시간은 되는데, 폐가 되진 않을지…."

"아니요. 나는 괜찮아요. 오히려 당신의 시간을 뺏고 있으니 내가 더 폐를 끼치는 셈이지요."

"아닙니다 선생님. 아닙니다."

"그럼, 머물다 가시겠습니까?"

선우의 진중한 말투에 태인은 홀린 듯 고개를 끄덕였다.

“고마워요. 그럼 일단 짐을 풀도록 해요. 내가 방을 안내해 줄게요.”

태인은 선우를 따라 2층에 마련되어 있는 손님방으로 올라갔다. 늘 청소가 되어 있는 듯 깨끗한 그 방엔 싱글침대 하나와 원목 책상이 놓여 있었다. 오래전 선우의 문하생이 쓰던 방이었다고.

“긴 여행으로 심신이 피곤할 텐데 편하게 쉬고 있어요. 저녁 식사가 준비되면 부르겠습니다.”

“저, 선생님!”

돌아서는 선우를 태인은 황급히 붙잡는다.

“말씀 편하게 해주세요.”

“그럴 수 있나요. 귀한 손님이신데. 나는 정중히 모시고 싶어요.”

하며 인자한 얼굴로 돌아서 내려가는 선우. 절필을 선언했던 16년 전에도 저렇게 확고하신 모습이었겠구나 싶은 태인이다.

가벼운 복장으로 옷을 갈아입은 태인은 2층 테라스로 나가 보았다. 펼쳐진 해변 위로 서서히 노을이 내려앉는 모습은 그야말로 장관이었다. 선우의 창작의 원천은 모두 저 그림 같은 풍경들에서 얻어지는 것일까….

그 풍경을 바라보며 태인은 남규에게 전화를 걸었다. 신호가 세 번이 가기도 전에 전화를 받는다.

"언제 와!"

여보세요를 대신하는 그 말에서 그간의 짜증이 여실히 묻어나고 있었다.

"내일 출발할 거야."

"지금 어딘데? 아직도 울릉도야?"

"아니, 나 거제도야."

"뭐? 어디?? 너 무슨 팔도 유람하냐?? 거제도는 또 왜 가 있는데?"

남규의 목소리는 꼭 엄마 앞에서 발을 동동 구르며 투정을 부리는 아이 같았다.

"네가 구자윤일 것 같다고 생각했던 그 남자 있잖아? 잘생긴 그 남자. 그분의 집이야 지금."

"울릉도에 있다는 사람은?"

"그분은 작년에 돌아가셨고, 그분의 아드님이 알려주셨어."

"다행히 살아 계신 분이 있었네…. 그래서 어때? 그분은 여전히 잘생겼어?"

"응. 여전히 잘생기셨고, 여전히 풍채도 좋으시고, 그리고… 아주 대단한 분이었어."

"누군데?"

그의 이름을 입에 올리기 전에 태인은 호흡을 먼저 가다듬는다.

"…정선우 작가."

수화기 너머로 짧은 침묵이 이어졌다.

"…「패잔병」 그 정선우 작가?"

"응. 그 정선우 작가…."

"…너 괜찮냐?"

남규의 목소리가 한층 무거워진다. 아마도 열아홉의 태인이 떠올랐기 때문이리라.

"응. 괜찮아. 정말. 나 여기서 자고 내일 올라갈게."

태인은 평정심을 유지한 목소리로 남규를 안심시켰다.

"대단하네 박태인… 여행 다니면서 사회성 많이 늘었다 너. 이래서 어른들이 애는 방목해서 키워야 한다고 하는 건가…."

남규의 말에 태인은 피식 웃음이 난다.

"그러게… 나도 내가 놀랍네…."

1층 주방에서는 찌개 끓는 소리가 들려오고 있었다.

"선생님 제가 돕겠습니다."

"아닙니다. 괜찮아요. 다 됐어요."

역시나, 한사코 사양하는 선우다.

그의 요리 실력은 그가 써내는 소설만큼이나 훌륭했다.

"재작년에 아내와 사별하고 실로 오랜만에 누군가와 함께하는 저녁상이네요. 감사합니다."

"아닙니다 아닙니다. 제가 감사하죠, 선생님."

두 남자는 정갈하게 차려진 밥상을 사이에 두고 서로에게 무척이나 조심스러운 태도를 취하고 있었다.

"헌데 효신이는 어떻게 알고 찾아가게 되셨나요?"

"편지에서 힌트를 얻었습니다. 노천극장에서 쓰신 편지를 보고 연대생인 걸 알았거든요. 마침 고등학교 동창 녀석이 연대 행정실에서 근무하고 있어 사진을 들고 찾아가 알아냈습니다. 백주년 기념관에 53년도 졸업생들의 사진이 전시되어 있었거든요. 그 사진 속에서 이효신이라는 분과 신일영이라는 분을 찾을 수 있었죠."

"그랬군요. 우리 중에는 효신이와 일영이 두 사람만이 학업을 다 마쳤지요. 나는 군 생활이 길어지면서 복학을 하지 않았어요."

휴교령이 내려지던 그날, 고민할 것도 없이 국군으로 입대하겠다고 나섰던 자윤의 절친한 벗은 선우였다. 방공호에서 편지를 쓰는 동안에도 내내 살아 있을지 걱정을 했던 그 벗.

"편지에 선생님에 대한 이야기가 종종 나옵니다. 가장 절친한 벗이셨다고…."

"편지에 그리 쓰여 있군요. 자윤이 그 친구에 대한 이야기는 내가 편지를 다 읽은 후에 다시 나누도록 하지요. 아무쪼록, 우릴 찾기 위해 이만한 정성을 보여주어 다시 한 번 고마워요."

"아닙니다 선생님. 저한테도 좋은 경험이었습니다. 울릉도도 거제도도 모두 처음이었거든요."

"그러셨다면 다행입니다."

선우는 안도감이 흐르는 얼굴로 태인을 바라보았다.

정성스러웠던 식사 시간이 끝나고 태인은 2층 방으로 올라왔다. 자윤의 편지를 읽을 선우를 방해하지 않기 위함이었다. 태인은 책상 위에 꽂혀 있던 선우의 작품 중 한 권을 골라 침대에 앉았다. '네가 살던 순간들'이라는 제목의 그 책은 선우가 대학 시절 집필했었던 단편 9편을 모은 것으로, 당시 신춘문예로 갓 등단한 신인 작가에 불과했던 선우에게 동인문학상을 안겨주면서 작가로서의 그의 위상을 한껏 올려준 책이었다. 지금의 선우를 만들어준 일종의 도화선 같은.

나이를 먹은 책에서만 맡을 수 있는 특유의 종이 냄새가 태인의 코끝을 간지럽혔다. 창밖으로는 칠흑 같은 밤이 흐르고 있었다. 가끔씩 들려오는 정체 모를 새의 울음소리가 아니었다면 시간이 멈춰 있다고 생각해도 과언이 아닐 만큼 시골의 밤은 고요했다. 태인은 그 고요의 시간 속에서 오랜 세월 먼지를 먹어 눅눅해진 책장을 넘기다 서서히 잠들어갔다.

너를 그리워한 시간들

1950년 1월 1일. 당신에게 보내는 첫 번째 편지

주름이 자글하게 피어오른 효신의 영정을 매만지던 그날처럼, 선우는 편지 봉투에 쓰여 있는 죽마고우의 젊은 필체를 검버섯이 가득한 늙은 손으로 한참을 쓸어내린다. 편지를 읽어보기도 전부터 이미 그의 마음은 북받쳐 오르고 있었다.

그래 자윤아. 너구나. 네가 나에게 돌아왔구나.

선우의 아랫입술이 파르르 떨려온다. 그는 들고 있던 편지를 잠시 내려놓고 의자에 한껏 몸을 기댄 채 지그시 눈을 감았다. 가까이에 두고도 미처 알지 못했던 자윤의 일 년이 손을 뻗으면 닿을 거리에 놓여 있다는 사실에, 요동치는 심장을 가다듬을 시간이 필요했다.

나는 윤동주가 좋아서 이 학교를 선택했어.

단풍이 그득했던 안산에 올라 연희대 캠퍼스를 내려다보던 스무 살의 자윤이 말했다.

"그와 같은 학교에 다니면 그가 시에 녹였던 감성을 배울 수 있지 않을까 싶어서 말야. 헌데 내 생각은 아무래도 틀린 것 같아. 감성이라는 건 타고나는 것이지 누군가에게 가르침 받을 수 있거나 연마한다고 얻어지는 것이 아니더군."

"감성을 끌어내는 방법이나 문장 속에 감성을 녹이는 기법에 대해서는 배울 수 있잖아."

자윤의 뒤에서 책가방을 베고 누워, 깃털 같은 구름이 청명한 하늘을 유람하듯 흘러가는 것을 보던 스무 살의 선우가 대답했다.

"내가 학교에 들어와서 깨달은 것이 있다면, 시인이라 불리는 이들은 교육을 통해 키워지는 것이 아니라 이미 태어날 때부터 그 재능을 갖고 태어난다는 거야. 처음부터 시인이 될 운명으로 이 세상에 온 사람들이라는 거지."

"너는 그렇지 않다는 거야?"

"응."

"어떻게 그렇게 확신을 하지?"

"윤동주는 소학교 시절부터 시를 썼어. 어린이 문예지를 낼 만큼 문학에 뛰어난 재능이 있었지. 김소월 역시 중학교 시절부터 시를 썼고, 백석은 스무 살이 되기도 전에 소설로 등단을 하지 않았나? 고명한 이들은 본디 어린 시절부터 그 비범함이 드러나는 법이지. 절대로 숨겨지지 않는 거야 그 재능이. 허나 그들에 비하면 나의 유년기는 너무도 평범하게 흘러왔던 것 같아. 동네 아이들과 별반 다를 바가 없었지. 아버지의 뒤를 이어 소작농이 된 그들과 말야. 누구나 살 수 있는 삶을 살아서는 절대로 예술을 할 수가 없어."

"너는 아마도 대기만성일 테지. 일찍이 그 재능을 꽃피웠던 천재들은 하나같이 요절하지 않았어? 너는 그들보다 조금 늦게 시작해서 오래오래 이름을 알리려고 그러는 거야. 그러니 그들의 인생과 너의 인생을 비교하지는 마라. 사람은 각자 자신에게 정해진 운명의 시간대로 살아가는거야. 너는 그 누구와도 같은 인생을 살 수 없어. 너뿐만 아니라 세상 모든 사람이 그래. 나 역시 마찬가지인걸? 지금껏 살아온 시간은 비록 평범했을지라도 앞으로 살아갈 수십 년의 시간은 비상할 테니 너무 염려 말게."

"…그럴 수 있을까?"

어딘지 모르게 슬픈 기운이 잠식하고 있는 얼굴로 자윤은 선우의 옆에 와서 두 팔을 베고 누웠다. 태양이 자윤의 매끄러운 콧날 위에서 쨍하고 빛을 냈다.

"난 요즘 나의 재능에 의구심이 들어. 벌써 한 달째, 한 줄도 써내지 못하고 있거든."

그제야 선우는 자윤의 근심이 생각보다 훨씬 더 심각한 것임을 깨닫는다. 그리고, 그 근심 어린 자윤의 얼굴에서 선우는 새로운 소재를 떠올린다.

그날 밤, 선우는 앉은뱅이책상 앞에서 막힘없이 원고지를 채워나갔다. 이번 달 들어서만 벌써 세 번째 습작 소설이다.

단편이라고는 하지만 제대로 등단도 하지 않은. 아직 학생의 신분에 불과한 핏덩이가 보름도 안 되는 기간 동안 세 편의 소설을 써냈다는 것은 실로 기적에 가까운 일이었다. 책을 쓰는 속도가 책을 읽는 속도와 비슷했다던 천재 작가 김동인만큼이나 선우의 집필 속도는 상당히 빠르고 다부졌다. 마치 그날의 일기를 써내려가듯 그는 소설을 써내려갔다. 자정 무렵에 첫 문장을 쓰고, 첫닭이 울기 전에 마침표를 찍은 적도 있었다. 천재가 아니고서야 그럴 수 있었을까. 하지만 선우는 스스로를 천재라고 생각해본 적도 없었고, 그렇게 완성된 자신의 단편들을 그리 대단하게 여기지도 않았었다. 하물며 그 단편들을 어느 누군가에게 읽어보라 보여준 적도 없었다. 이유는 단순했다. 선우에게 그 단편들은 그저 취미에 불과했기 때문이다. 발표나 등단이라는 어떠한 목적 하에 쓰여진 소설들이 아니라 그저 좋아서, 그 순간 생각나는 대로 '끼적인' 것들이었기 때문이다. 말 그대로 습작. 그 이상도 이하도 아닌 글자 나부랭이들. 그때만 해도 선우는 몰랐다. 자신이 심심해서 써놨던 그 글자 나부랭이들이 훗날, 한국 문단계에 큰 획을 긋는 작품들로 평가받게 되리라고는. 스스로가 천재적이지 못해서 괴로워했던 자윤과는 달리 애초에 천재이고 싶었던 적이 없었던 선우는 그렇게 조용히 자신도 모르는 사이 천재 문인의 길을 걸어오고 있었던 것이다. 한 달째 한 줄도 써내지 못했다며 번민하던 자윤에겐 조금 미안한 일이었지만, 선우의 막힘없는 세 번째 습작 소설은 시작한 지 한 식경 만에 벌써 중반부를 넘어서고 있었다.

아침에는 신문을 팔고, 점심에는 구두를 닦고, 저녁에는 야학당을 다니며 글쟁이를 꿈꾸는 소설 속 청년 윤은 어딘지 모르게 자윤과 닮아 있었다. 첫 번째 소설에 등장했던 절름발이 인력거꾼 구씨와, 두 번째 소설에 등장했던 아메리카 유학을 마치고 돌아온 세브란스병원 닥터J. 모두 이름과 직업만 다를 뿐 인물의 내면은 결국 자윤에게서 파생된 것들이었다.

선우는 늘 자윤에게서 영감을 얻었다. 하숙집 마루에 발가락을 찧고 며칠 동안 절뚝였던 자윤의 걸음걸이, 일영의 뿔테 안경을 코끝에 걸쳐놓고 '나도 안경이나 하나 맞춰볼까?'라던 자윤의 말 한마디, 그리고 눈썹 끄트머리에 붙어서 좀처럼 달아나지 않던 그의 근심까지 선우에게는 모두 하나의 소재로 변모했다.

자윤을 두고 이러저러한 상상을 하며 소설을 쓰는 일이 그때의 선우에게는 최고의 행복이었다. 물론, 그 사실을 자윤은 알 리가 없었다.

그로부터 얼마 지나지 않아, 학생들이 작품을 발표하고 공개적으로 평가를 받는 시간이 있었다. 그 강의를 지도했던 홍아무개 교수는 학생들 사이에서 독설가로 정평이 나 있었는데, 차라리 아무런 평가를 받지 않고 조용히 넘어가는 것이 찬사가 될 정도로 그의 사전에는 잘했다, 훌륭하다, 발전 가능성이 농후하다 등 칭찬의 성격을 가진 단어는 존재하지 않는 듯했다. 그는 어린 학생들의 기를 죽이고 싹을 밟으면서 희열을 느끼는, 일종의 사디스트 성격을 다분하게 띠고 있는 인물이었다. 자윤은 그 시간에 삶과 죽음을 주제로 한 시를 발표했었다.

시들다 시들다 결국 져버린 꽃잎에
한겨울 웃풍처럼 서러움이 밀려온다
천대와 멸시의 서러움은

꽃잎이 떨어진 곳곳을 파먹어 들어간다…

로 시작했던 자윤의 발표가 끝나고 돌아온 홍 교수의 평은 가히 충격적이었다.

"재능 없는 번역가들로 인해 이미 짓이겨진 서양 시의 구절을 여기저기서 짜깁기해 올린 듯 문장이 지저분하고 은유가 형편없으며 단어의 선택이 조악하기 그지 없다. 이 시에서는 어떠한 영혼도 느껴지지 않는다."

자윤은 그대로 얼어붙어 아무 반론도 제기하지 못하고 마른 침만 꿀꺽 삼켜대며 있었다. 선우는 순식간에 서글퍼진 자윤의 눈에서 눈물이라도 쏟아질까 전전긍긍하며 그를 한참 동안 살폈었다. 다행히 자윤은 울컥 올라오는 감정을 잘 눌러 내렸지만, 그 수업이 끝나는 시간까지 그는 수치심으로 고개를 들지 못했다.

그날 저녁, 홍 교수에게 된통 깨졌던 몇몇 이들은 마치 약속이라도 한 듯 저마다 소주를 챙겨 들고 캠퍼스 내 잔디밭으로 모여들었다. 자윤은 물론이거니와 그를 위로하기 위해 따라온 선우를 비롯해, 소설 몇 줄을 읽었을 뿐인데 더 들을 것도 없다고 잘린 효신과, 이건 시도 소설도 아무것도 아니라며 문학적으로 전혀 가치가 없는 글을 써왔다고 욕을 먹은 일영과, 너는 그냥 시를 쓰지 말라는 최악의 평을 받은 장호까지. 이들은 밤새도록 홍 교수에 대한 분노로 점철된 토론을 끝없이 이어나갔다.

바지에 풀물이 들 때까지 취하고 또 취했던 그 밤을 계기로 다섯은 절친한 친구 사이가 되었다. 함께 어울리는 무리가 생기자 전에 없던 패기와 반항심이 청춘의 상징마냥 피어오르기 시작하면서 그들은 종종 강의를 내빼고 산으로 강으로 놀러 다니곤 했었다.

하루는 장호가 어디서 듣고 왔는지, 동도극장에 아주 재밌는 외화가 걸렸다며 그걸 보러 가자고 친구들을 꼬드겼다. 서대문에서 삼선교까지 전차를 두 번이나 갈아 타가며 도착한 동도극장에서 그들은 영화 카사블랑카를 관람했다.

“나 시 쓰는 거 때려치우고 극본이나 쓸까 봐!”

스크린에 잉그리드 버그만이 비춰질 때마다 우와… 하며 감탄을 금치 못했던 장호가 말했다.

“어차피 홍 교수도 나에게 시를 쓰지 말라고 했으니. 이참에 전공을 바꿔보는 것이 좋겠어!"

"극작에 매료되어 전공을 바꾸는 건 나쁘지 않은데, 그 이유가 여배우 때문이면 좀 곤란하지 않나?"

일영의 말에 모두 동의한다는 듯 장호를 보며 웃었다.

"솔직히 말해봐! 너 영화 내용은 하나도 기억 안 나지?"

"영화 줄거리가 뭐 그리 중요해? 그냥 내가 그 영화를 보고 감동을 진—하게 받았으면 된 거지! 안 그런가?"

장호는 너스레를 떨며 넘겼지만 정말 얼마 안 가 전공을 바꿔 극본을 쓰기 시작했다. 그땐 농담처럼 툭툭 내뱉은 말에 인생의 진로가 바뀌기도 했던 시기였다.

너는 누군가를 연모해본 적이 있는가?

3일째 장마가 이어지던 여름날, 한쪽 전등이 나가 희끄무레한 빛이 감도는 빈 강의실 안에서 스물한 살의 자윤은 말했다.

"연모??"

뜬금없는 질문에 스물한 살의 선우는 책장을 넘기던 손을 멈추고 자윤을 바라본다.

"누군가를 연모한다는 건… 과연 무엇일까?"

창틀에 걸터앉아 창문에 부딪혀 알알이 부서져가는 빗방울을 보고 있던 자윤이 나지막한 목소리로 속삭이듯 묻고 있었다. 도통 자윤과는 어울리지 않는 질문이다.

"내가 걷는 길모퉁이마다 그 사람이 서 있었으면 좋겠고… 불이 꺼진 방구석에 그 사람이 해처럼 환하게 빛을 내며 날 반겼으면 좋겠고… 잉크가 엉겨 붙은 펜촉에서 원고지로 그 사람이 시처럼 스며들었으면 좋겠고… 내 머리맡에 앉아 내가 잠들 때까지 그 사람이 내 머리칼을 따뜻하게 쓸어주었으면 좋겠고… 그런 상상을 하는 것을 혹, 연모라 부르는가?"

"혹시… 지금 시를 읊은 건가?"

선우의 반응에 자윤의 입가에는 피식! 미소가 띄워진다.

"나의 말이 시처럼 들렸다면 이것이 연모가 맞는가보군."

"연모라는 것이 특별할 게 있겠나? 너의 일상 모든 곳에 그 사람이 함께하길 바란다면, 그 사람으로 인해 절로 글이 쓰인다면, 그것이 연모겠지. 달리 설명할 길이 없는 것들."

"그렇군. 혹시나 했는데…."

자윤의 뒷말은 어딘지 모르게 씁쓸함을 풍겼다. 자윤은 기분이 우울해지거나 시름이 깊어질 때면 늘 눈꺼풀이 반쯤 내려오도록 시선을 떨구곤 했었다. 선우는 그 모습을 놓치지 않고 되묻는다.

"표정이 어찌 그런가? 연모가 아니라 꼭 별리를 한 사람 같네. 도대체 상대가 누구야? 혹, 나도 아는 사람이야?"

"사실은 아직 시작조차 못한 사이야. 시작을 할 수 있을지도 모르겠고. 시작을 하지 않았으니 끝날 일도 없겠지. 아직까지는… 끝나지 않을 사이… 그것이 나의 유일한 희망이라면 희망이라네."

"도움이 필요하면 말하게! 내가 매개자가 되어줄 테니! 끝날 것이 두려워 시작도 못하고 있어서야 되겠나? 망설이면 망설일수록 더더욱 멀어지는 것이 인연이라네. 아직 멀지 않다고 느낄 때 얼른 잡는 것이 방도라고."

기백이 넘치는 선우의 목소리가 강의실 천장으로 치솟았다. 자윤은 그런 선우의 얼굴을 온유하게 바라보다 이내 담담한 목소리로 말했다.

"너의 잘생긴 얼굴이 참 부럽구나."

그날 이후, 자윤은 부쩍 막걸리가 마시고 싶다는 얘기를 자주 꺼냈었다. 두어 달쯤 전, 퇴교길에 갑자기 쏟아지는 비를 피해 우연히 들어가게 된 간판 없는 막걸리 집은 본디 전을 파는 전집이었는데 가게 주인이 직접 담그는 막걸리 맛이 뛰어나기로 소문이 나, 주메뉴였던 전보다 막걸리를 마시기 위해 찾는 손님이 더 많아진 곳이었다. 자윤은 그곳에 가고 싶을 때마다 오늘 막걸리나 한잔하러 가자!라고 시원하게 말하는 것이 아니라 날씨도 이런데… 기분도 이런데… 글도 안 써지는데… 이런 식으로 늘 앞에 조건을 붙여서 슬그머니 거기나 갈까?하고 유도를 했었다. 그래놓고 막상 그곳에 가면 취하는 건 선우와 다른 친구들이었다. 자윤은 늘 취하지 않을 만큼만 적당히 마시면서 끊임없이 주변을 살피곤 했었다. 그것을 이상하게 보는 친구는 아무도 없었다. 그저 차분하고 조용한 자윤의 성격이겠거니 하고들 말았었다.

그 무렵, 선우는 태어나서 처음으로 이성 교제라는 것을 시작했었다. 극작으로 전공을 바꾼 이후 영화와 공연을 활발하게 보러 다녔던 장호가 극단 단원들과 안면을 트고 지내다 친해진 여배우 한 명을 선우에게 소개시켜 준 것이었다. 선우보다 한 살이 어렸던 그녀는 고등학교를 졸업하고 배우가 되기 위해 극단으로 들어갔다고 했다. 아직은 대사 한두 마디 정도의 단역을 소화하고 있지만 장차 극단의 간판 여배우로 떠오를 것이며 영화로 진출해서 문예봉을 잇는 최고의 여배우가 될 거라는, 자신의 미래에 대한 구체적인 계획과 포부가 대단한 여성이었다. 선우는 그녀의 당찬 성격이 마음에 들었었다. 이성 교제를 하면서 자윤과의 시간이 적어지는 것이 내심 아쉬웠던 선우는, 자윤에게도 여자를 소개해주겠다고 제안을 한 적이 있었다. 자신의 여자친구와 같은 극단에 있는 여배우를 내세우며 함께 커플데이트를 하면 재밌지 않겠느냐고 말이다. 하지만 자윤은, 그저 괜찮다고만 했었다. 특별한 이유도 없이 한사코 거절만 했었다. 그때도 선우는 자윤이 그저 쑥스러움을 많이 타고 내성적인 성향이 짙은 아이라 그러는 줄로만 알았었다.

물론, 선우와 그녀의 교제도 길게 가진 못했다. 자신의 미래에 대해 얘기를 할 땐 그렇게 야심이 넘치고 남성적인 카리스마도 보여줬던 그녀가, 선우에게만큼은 너무 의존적이고 간혹 집착적인 성향까지 보였기 때문이다. 그녀는 늘 외롭다는 말을 입에 달고 살았다. 만날 때마다 '우린 너무 애틋하지 않은 것 같아요. 난 로미오와 줄리엣처럼 불같은 사랑을 하고 싶었어요. 이건 내가 생각했던 연애가 아니에요. 정말 날 좋아하긴 하는 거예요?'라는 말들로 칭얼대기 일쑤였다.

선우가 그녀에게 점점 지쳐갈 때쯤, 자윤이 크게 다치는 사고가 있었다. 낙엽이 온통 얼굴로 날아들어 앞을 똑바로 보고 걷기 힘들 정도로 바람이 세차게 불던 날이었는데, 자윤이 캠퍼스 돌계단에서 발을 헛디디며 구르게 된 것이었다. 발목을 부여잡고 통증을 호소하는 자윤을 들쳐 업고 선우는 세브란스병원까지 한걸음에 내달렸다. 발목에 금이 갔던 자윤은 몇 주 동안 깁스를 하고 목발을 짚어야만 하는 신세가 됐다. 선우는 그 기간 동안 자윤의 수발을 들 것을 자처하며 그의 하숙집으로 일시적 거처를 옮겼다. 자윤은 힘들게 이러지 않아도 된다고 만류했지만 선우는 끝까지 자신의 고집을 꺾지 않았다. 오히려 선우는 자윤의 곁에 머무르는 동안 연애로 지쳤던 심신의 안정을 빠르게 되찾아갔다. 극적인 사랑을 요구하던 여배우와의 이별은 정해진 수순이었다.

한 해가 저물어가던 12월, 학기가 끝나고 명절을 쇠기 위해 모두가 귀향길에 오를 때, 선우는 거제도에 가기 전 자윤의 본가가 있는 대전에서 며칠 머물렀었다.

자윤의 가족들은 굉장히 화목이 넘치고 여유로웠다. 자윤의 부모님과 형제들은 선우를 자윤보다도 더 반기며 좋아해주었다. 외동아들로 자란 선우로서는 겪어본 적 없는 풍요와 후대였다.

늦은 밤, 선우와 자윤은 뜨끈하게 데워진 아랫목에 누워 조만간 자신들에게 들이닥칠 스물두 살에 대한 계획을 세우고 있었다.

"내년엔 장편을 한번 써볼까 해."

"생각해놓은 소재라도 있어?"

"아직은. 근데 곧 생기겠지."

소재를 찾는 것쯤은 일도 아니라는 듯 말하는 선우가 자윤은 신기했다.

"너는 소재를 어디서 그렇게 찾는 거야? 그러고 보면, 단 한 번도 뭘 쓸까에 대해서 고민하는 모습을 본 적이 없는 것 같아."

"그냥. 가만히 보다 보면 보여. 좋아하니까."

"너는 정말 글을 쓰기 위해 태어났나 봐."

자윤은 그런 선우를 부러움이 가득 찬 눈빛으로 바라본다. 그 순간 문득, 선우는 오래전 자윤이 지나가듯 했던 말이 떠올랐다.

"너 예전에 말이야."

"응?"

"연모하는 사람 있다고 했었잖아? 그 사람이랑 어떻게 됐어?"

"아 그게…."

딱 한 번, 비 오던 날 감상에 젖어 자신도 모르게 내뱉은 말이었다. 그날 이후 다시 입 밖으로 꺼낸 적 없이 혼자서 조용히 품어온 마음이었는데 그것을 홀라당 들킨 것만 같아 갑자기 얼굴이 빨갛게 달아오르는 자윤이다.

"왜 그때 이후로 그 사람 얘기는 한 번도 안 해? 잘 안된 거야?"

"아직… 용기를 못 냈어."

"아직?? 그렇다면 여전히 연모 중이란 말인가?"

"그런 셈이지… 하하…."

자윤은 쑥스러운 듯 배시시 웃었다.

"나는 내년에 시를 더 많이 써서 꼭 등단을 하는 게 목표야."

어딘지 모르게 황급히 대화를 마무리 짓고 넘기려는 자윤의 모습에 선우는 내심 서운함을 느끼지만, 내색하지는 않는다.

시인의 여인, 베아트리체.

1950년 1월 1일. 거제도 고향집에서 새해 첫닭이 우는 소리를 들으며 선우는 원고지 첫 장에 인생의 첫 장편이 될 소설의 제목을 적고 있었다. 늘 집필 마지막에 가서야 제목을 붙이던 선우였는데, 이번엔 제목부터 쓰고 시작한다. 이는 그냥 심심풀이로 끼적이다 내키는 제목을 아무렇게나 붙여오던 습작 소설들과는 마음가짐부터가 다른 시작임을 의미하고 있었다.

시인의 여인, 베아트리체. 단테와 그의 뮤즈 베아트리체가 아닌, 선우가 가장 사랑했던 시인 자윤과 그의 뮤즈인, 알지 못하는 누군가에 대한 이야기였다. 일 년 동안 이 소설을 정성껏 집필하여 완성해내는 것이 스물두 살을 맞이한 그의 다짐이자 목표였다. 마음가짐이 달랐던 만큼, 밤을 꼬박 새워도 원고지 한 장을 못 넘길 정도로 선우는 그 소설에 신중을 기했다. 그리고 처음으로, 글이 안 써지는 고통을 맛보기도 했다. 소설을 쓴다는 것이 이토록 괴로운 일이었음을 미처 알지 못했던 자신의 지난날들을 깊이 반성하며 몸부림치는 날들이 계속됐다.

그해는 유독, 선우와 자윤 그리고 술잔을 기울이며 함께 문학을 논했던 친구들이 치열하게 글을 쓴 해였다. 3학년이 되는 만큼, 좀 더 전문적으로 문인의 길을 가기 위한 초석을 마련해야 하는 시기이기도 했고, 자신의 이름을 내걸고 '작품'이라 써냈던 것들에 대한 욕심과 자부심이 커져가는 시기이기도 했다. 이화여대와 함께하는 문학의 밤 행사에서 발표되었던 작품들의 우수성이 이를 증명하고 있었다. 문학의 밤을 앞두고 다들 여학생이나 꼬셔볼까 하며 농을 던지고 웃었으나 결국 말만 그러했을 뿐, 실상은 다들 책상머리 앞에서 자신의 이름을 내걸고 작품이라 불릴 만한 것들을 써내느라 고뇌에 고뇌를 거듭하고 있었던 것이다. 아마 전쟁이 아니었다면, 그 해에 많은 문인이 탄생했을지도 모를 일이었다.

학교에 휴교령이 떨어지던 날, 선우는 서대문 고모님 집에서 얼른 짐을 챙겨 서울을 떠나는 마지막 기차에 몸을 실었다. 피난민들로 포화상태였던 기차는 느리게 느리게 달렸고 그 안에서 선우가 보았던, 공포와 생존력으로 응집된 얼굴들은 훗날 그의 소설 안에서 새로운 인물들로 재탄생되었다.

한강 다리가 끊어져 사람들이 고립되었고 인민군이 서울을 점령했다는 소식을 들은 건, 선우가 입대를 하고 막사에서 첫 밤을 보낸 다음 날이었다. 교문 앞에서 헤어지기 전, 거취를 어떻게 할지 결정하지 못했다던 자윤의 얼굴이 눈앞에 아른거렸지만 남 걱정할 때가 아니었다. 인민군들은 무서운 기세로 남진하고 있었고, 때문에 군에 입대한 훈련병들은 짚단으로 만든 허수아비를 향해 총만 몇 번 쏴보고 곧바로 전선으로 투입되어야 했다. 고막을 찢어내는 폭발음 서너 번에 선우의 곁에 있던 전우들이 수십 명씩 죽어 나갔다. 한번 전투를 치르고 나면 소대원이 온전하게 다 같이 돌아온 적이 없었다. 밤만 되면 누군가의 유품을 정리하는 것이 일이었고, 그 안에서 살아남기 위해 선우는 안간힘을 써야 했다.

선우가 속해 있는 부대가 처음으로 평양 땅을 밟았던 늦가을. 선우의 소대에 고등학교를 갓 졸업한 어린 신병 하나가 들어왔었다. 그의 이름은 수현. 작은 체구에 야들야들한 얼굴이 어딘지 모르게 자윤과 많이 닮은 아이였다.

"뭐하다 왔냐?"

"공부하다 왔습니다!"

"공부는 뭐하러 해. 이 난리 통에. 어차피 죽으면 다 끝인데."

크고 작은 전투를 몇 번 치르는 동안 선우는 냉소적인 사람으로 변해 있었다.

"죽을 거 생각해서 아무것도 안 하고 있을 순 없었습니다."

"공부 그렇게 해서 뭐 되려고?"

"작가가 되고 싶습니다!"

어린 신병의 야심 찬 포부에 소대원들은 모두 귀엽다는 듯 웃었지만, 선우는 한 대 얻어맞은 사람처럼 일순간 멍해졌다. 선우는 어느 고지에 이르러서부터는 자신이 한때 펜을 잡았던 사람이라는 사실조차 잊고 살았었다. 그저 처음부터 총과 칼을 잡았던 사람처럼, 그는 적의 목숨줄을 끊어내는 일에 능숙해져만 갔다. 그런 그에게 작가가 되고 싶어서 공부를 했다는 어린 신병의 말은, 선우가 자신의 정체성을 잃어가고 있었음을 일깨워주는 커다란 경종이 되었다. 그날 이후, 선우는 부쩍 수현을 챙겼다. 수현 역시 선우를 많이 의지하며 따랐다. 입대 전에 연희대에서 소설을 전공하다 왔다는 선우의 이력은 작가를 꿈꾸던 수현에겐 굉장한 매력으로 다가왔으니.

"저는 제대하고 나면 연희대 입학시험을 치를 겁니다."

면도 중인 선우 앞에서 거울을 들고 있던 수현이 말했다.

"왜?"

"저는 윤동주 같은 시인이 되고 싶습니다."

쓱싹쓱싹 수염을 밀어나가던 선우의 손길을 멈추게 만드는 대답이 돌아온다.

"연희대에 가서 배우면 저도 윤동주 같은 시인이 될 수 있지 않을까요?"

오래전, 자윤이 선우에게 했던 말을, 수현이 선우 앞에서 고대로 하고 있었다. 자윤과 똑 닮은 눈빛을 하고서. 수현이 그럴 때마다 선우는 한 번씩 심장이 쿵! 내려 앉는 경험을 한다.

"너도 재능이 있다면 그리되겠지. 시인이라 불리는 이들은 이미 태어날 때부터 그 재능을 갖고 태어나는 거야. 처음부터 시인이 될 운명으로 이 세상에 온 사람들이라는 거지. 너의 재능을 믿어봐. 그럼 될 거야."

선우는 자신이 가장 사랑했던 시인의 말을 인용한다.

"저는 제 재능을 의심하지 않습니다! 근데… 입학시험은 많이 어려울까요? 집이 가난해서 장학금은 꼭 받아야 하는데…."

선우는 자윤이 보고 싶어진다.

북쪽의 겨울은 남쪽의 겨울과는 비교도 할 수 없을 만큼 혹한이었다. 특히 개마고원 인근에 머물렀을 때는 영하 20-30도까지 훅 떨어지는 날씨 탓에 많은 동상자가 속출했었다. 총에 맞은 부상자와 발이 얼어붙은 동상자의 수가 비등할 정도였는데, 그곳에 있는 동안 병사들은 하나같이 적군의 총알보다, 미처 겪어본 적 없는 이 추위가 더 무섭다고 말했었다.

그 추위가 공포로 다가온 건 선우 역시 마찬가지였다. 오히려 강원도에서 나고 자란 수현이 거제도에서 나고 자란 선우를 보살피고 챙기는 입장이 됐다. 수현은 자신의 몫으로 받은 양말과 모포를 선우에게 선뜻 나누어주었다.

그날 역시, 기습을 나가기 전 수현은 자신의 보급품이었던 양말 두 켤레를 선우에게 내밀었다.

“덧신으십시오. 구름의 이동이 심상치가 않은 것이 머지않아 눈보라가 몰아칠 것 같습니다.”

“너는 괜찮냐?”

“저는 괜찮습니다. 이 정도 추위는 견딜 수 있습니다.”

“못 참겠으면 언제든 말해라. 벗어줄 테니.”

“네!”

수현은 자신의 양말을 덧신는 선우를 보며 싱그레 웃었다. 그는 몇 시간 뒤 자신에게 벌어질 비극에 대해서는 요만큼도 예측하지 못하고 있었다.

선우의 부대는 길도 제대로 나지 않은 가파른 산을 올라 적진을 향해 가고 있었다. 해는 급격히 저물어갔고, 수현의 말대로 서서히 흩날리기 시작하던 눈은 순식간에 불어나 전방 5미터도 안 보일 만큼 매섭게 휘몰아치고 있었다. 그리고 그 눈보라를 뚫고 모자에 빨간 별을 단 거대한 무리가 이들을 향해 총칼을 들이밀었다. 현장은 순식간에 핏빛으로 물들어갔다. 선우는 아직까지도 자신이 그 전투에서 어떻게 살아 돌아왔는지 기억하지 못한다. 다만 확실한 것은 그곳에서 수현을 잃었다는 것이다. 자신에게 양말 두 켤레를 건네며 싱그레 웃던 아이가 적의 칼에 목을 관통당해 피를 분수처럼 쏟아내며 즉사한 순간이 선우에겐 마지막 기억이었다. 몸이 축 늘어진 수현의 시신을 들쳐 메고 선우는 그 산을 내려왔다. 자신의 다리 어딘가에서 피가 흐르고 있는 건 안중에도 없었다. 그 전투에서 부대원의 절반이 목숨을 잃었지만, 시신으로 거두어진 건 수현 단 한 명뿐이었다. 차디찬 북쪽 땅에 수현을 묻고 돌아서는 선우의 얼굴은 살기로 그득했다. 매일 아침 거울 속에서 어제와는 또 다른 살기로 가득 오른 낯선 이와 마주하는 것. 선우에게 전쟁은 그런 것이었다.

부대를 철수하고 이동하는 트럭 안에서 선우는 수현의 유품이었던 노트를 보았다. 자윤이도 이런 노트를 늘 가지고 다녔었지…. 노트를 한 장 한 장 넘기는 그의 손이 파르르 떨려온다. 그 노트 안에는 수현이 좋아했던 시인들의 시가 빼곡하게 필사되어 있었다. 서툴지만 문장이 나쁘지 않았던 습작시도 몇 편 적혀 있었다. 그것들을 보며 선우는, 보자기로 고이 싸안은 수백 장의 원고지 더미들을 고향집 다락에 올려두고 입대를 위해 집을 나서던 순간을 떠올렸다. 떠나는 아들을 위해 어머니는 토종닭을 잡으셨고, 질긴 살점을 뜯어내며 반드시 살아 돌아와 못다 쓴 장편소설을 마무리 짓겠노라 그는 다짐했었다. 하지만, 선우는 그 소설을 끝내 마무리 짓지 못했다. 몸 성한 곳 없이 무사히 전쟁을 끝마치고 돌아왔음에도 그는 한동안 펜을 들지 않았다. 학교로 다시 돌아가지도 않았다. 그는 고향집에서 아무것도 안 하고 그저 숨만 쉬면서 근 일 년을 조용히 살았다. 그저 살아만 있었다. 그는 침묵과 절필이라는, 그만의 전쟁 후유증을 앓고 있었다. 그리고 다시 일 년. 그는 「패잔병」으로 신춘문예에 당선되면서 작가 인생의 서막을 열었다.

자윤의 편지는 그의 성격만큼이나 정갈하고 따뜻했다. 방공호 안에서의 삶은 잔혹했으나, 자윤은 그것을 시처럼 풀어놓고 있었다. 그 옛날, 스스로의 재능에 의구심을 펼쳤던 어린 시인의 필력에 선우는 몇 번이고 습기 찬 안경알을 마른 천으로 문질러야만 했다. 이 늙은 가슴에 간헐적으로 솟아나는 그리움은 단지 편지의 내용 때문만은 아니었으리라. 필경 그러하였으리라.

귀로

동이 틀 무렵부터 이웃집의 닭들은 요란하게 울어댔다. 덕분에 알람이 울리기도 전에 이른 기상을 한 태인은 가볍게 샤워를 마치고 1층으로 내려갔다. 선우는 이미 서재로 나와 있었다. 그가 일찍 일어난 것인지 아님 밤을 지새운 것인지 태인은 알 수가 없었다.

"일어나셨습니까. 선생님?"

하루 만의 시간만큼 좀 더 가까워진 목소리로 태인이 인사를 건넸다.

"오, 좋은 아침입니다. 일찍 일어났군요. 잠자리가 낯설었을 텐데, 잘 잤나요?"

선우도 평온을 찾은 얼굴로 태인을 맞이한다.

"네. 무척 편안하게 잘 자고 일어났습니다."

서재 책상 위엔 자윤의 편지가 처음과 같은 모습으로 차곡차곡 쌓여 있었다.

"식사 전에 우리 차 한잔할까요?"

선우는 나긋한 목소리로 권한다.

"좋습니다!"

선우는 태인의 앞에 향긋한 우롱차를 내려놓고 그와 마주 보고 앉았다. 태인은 기대 가득한 눈으로 선우를 보며 이 여행을 끝낼 진실의 문이 열리기만을 기다렸다. 선우는 우롱차를 한 모금 마시고는 천천히 운을 떼기 시작한다.

"밤새 편지를 다 읽어보았습니다. 그리고 나는 한숨도 잘 수 없었어요."

태인은 조용히 선우의 다음 말을 기다렸다.

"자윤이 그 아이는 워낙에 조용하고 수줍음도 많이 타는 성격이었지요. 언젠가 그 녀석이 연모하는 감정에 대해 물어본 적이 있었습니다. 자신이 걷는 길모퉁이마다 그 사람이 서 있었으면 좋겠고, 불이 꺼진 방구석에 그 사람이 해처럼 환하게 빛을 내며 자신을 반겼으면 좋겠고, 잉크가 엉겨 붙은 펜촉에서 원고지로 그 사람이 시처럼 스며들었으면 좋겠고, 자신의 머리맡에 앉아 자신이 잠들 때까지 그 사람이 머리칼을 따뜻하게 쓸어주었으면 좋겠고… 그런 상상을 하는 것을 연모라고 부른다면 자신은 누군가를 연모하고 있는 것이 맞다고 말입니다."

태인은 다시 한 번 편지를 처음 읽었을 때 숭고함이 가슴속에서 울리는 것을 느낀다.

"그 사람이 누구인지, 내가 아는 사람인지, 만일 그렇다면 내가 매개자가 되어줄 테니 용기 내서 인연을 잡으라고 나는 말했었죠. 하지만 그 아이는 그저 웃고 말았습니다. 그 뒤로는 한 번도 그 연모하는 이에 대한 얘기를 꺼낸 적이 없었지요. 그래서 나는 그 연모가 시간을 따라 조용히 흘러가버린 줄 알았습니다. 이렇게 많은 편지를 남길 만큼 깊어졌음을 전혀 알지 못했지요. 진즉에 이 여인이 누구인지 알았더라면 내가 뭐라도 해줬을 텐데… 하지만 그랬었다면 이 편지들이 세상에 남아 있지는 않았겠군요. 자윤이는 정말 뛰어난 시인이었습니다. 편지를 읽어보셨으니 아실 테지만 감수성이 아주

남다른 아이였습니다. 늘 시집과 노트를 옆구리에 끼고 다니며, 잠에서 깨어나 다시 잠자리에 들 때까지 온통 시만 생각하던 아이였어요. 그 아이가 쓴 시가 세상에 하나도 남지 않은 것을 두고 평생을 애석하게 생각했었는데, 이렇게 시와 같은 편지들을 남겨두어 나는 참 다행이라고 생각합니다. 만일 그때, 그와 그 여인 사이에 무슨 일이 있었더라면 이런 편지는 세상에 없었을지도 모르죠."

"편지 안에 진짜 시도 한 편 있지 않습니까? 끝내 제목은 붙이지 못하셨던 시 말입니다."

태인은 자윤이 5월의 어느 날, 이화여대와 함께하는 문학의 밤 행사에서 낭송해야 한다며 완성했던 시를 떠올렸다. 그 시는

창천동 어느 술 빚는 마을, 기름내 단내 온 데 섞여 달큰하게 피어오르는 그 곳에 어린 꽃 홀로 피어있다.

라는 문장으로 시작하고 있었다.

"그 시의 제목은 우는 꽃입니다."

선우는 오랜 기억을 더듬다 지친 목소리로 태인에게 말했다.

"그 순간이 기억이 나요. 그날 문학의 밤 행사에서 자윤이는 마지막 순서로 단상에 올라 그 시를 읽었었죠. 그리고 제목이 뭐냐고 묻는 학생들 앞에서 한참을 머뭇거리다가 그 잔잔한 목소리로 '제목은 우는 꽃입니다' 하고 내려왔었어요. 아주 쑥스러운 표정을 지으면서 말이죠."

그랬구나. 우는 꽃. 이 시도 결국은 수희였구나. 자윤에게 수희는 시, 그 자체였구나.

"자윤이가 편지에서 그녀를 두고 시와 같은 여인이라 부르더군요. 그 아이는 그 여인에게 모든 것을 다 준 거예요. 말 그대로 영혼까지 다 바쳐서 그 여인을 사랑했던 겁니다."

선우의 목소리가 촉촉하게 잠겨온다.

"전쟁이 끝나고 그 전집에 다시 가보신 적이 있으세요?"

"소설가로 등단했을 무렵 한번 찾아가본 적은 있었어요. 자윤이도 편지에 적어두었지만, 그 집 막걸리 맛은 정말 일품이었으니까요. 지금까지도 나는 그 집 것보다 맛있는 막걸리는 마셔보질 못했어요. 하지만 그곳엔 이미 다른 건물이 들어서 있었지요. 서울은 전쟁의 피해가 막심했기 때문에 온전하게 보존된 곳을 찾기가 힘들었습니다. 그리고 빛의 속도로 재정비되어갔지요. 몇 달이 지나 다시 가보면 완전히 다른 동네가 되어 있는 곳도 많았습니다. 한강의 기적이란 말이 그냥 나온 말이 아니에요. 나는 아직도 가끔씩 서울이 신기루처럼 느껴질 때가 있어요."

"그럼 1950년 이후로 이 여자분을 다시 보신 적은 없으시겠네요?"

"그렇죠. 설령 보았다 한들, 기억이나 했을까요? 이렇게 사진을 보고 있어도 가물가물한 것을…."

아무래도 수희는 자윤의 눈에만 여신이었던 모양이다. 태인은 이 여행을 끝낼 마지막 질문을 던진다.

"구자윤 그분께서는 지금 어디에 계신가요?"

오래 기다려왔다. 축제의 대미를 앞에 둔 사람처럼 태인의 가슴은 빠르게 뛰기 시작한다. 살짝 어둠이 내리고 있는 선우의 안색이 사뭇 걱정스러웠지만 일단은 외면해 보기로 한다.

"…난 모릅니다."

태인을 다시 출발점으로 데려다놓는 대답이 돌아온다. 물론 태인도, 구자윤 그가 반드시 살아 있을 거라고 기대한 적은 없었다. 아니, 애초에 구자윤 그는 이미 죽은 사람이다. 라는 전제 하에 이 여행을 시작했던 건지도 모르겠다. 남규의 말대로 그가 살아 있었다면 분명, 방공호로 돌아와서 목숨만큼이나 소중히 써냈던 이 편지들을 가져갔을 테니까. 다만, 태인이 궁금했던 것은 그의 생사 확인과, 이미 고인이 되었다면 이 편지 꾸러미를 간직해줄 그의 남은 가족들, 혹은 이 편지의 수취인인 그녀의 행방을 찾을 수 있는 단서 또는 그 무언가…. 태인이 원한 것은 그런 것들이었다. 생사는 물론이거니와 이 편지는 어디로도 갈 곳이 없음을 뜻하는 '난 모릅니다'가 아니었다.

"생사도 모르시나요?"

"모릅니다."

선우의 대답은 태인에게는 잔인할 정도로 단호했다.

"아마 그 아이가 운이 좋았다면 북에서 살아 있을 테고, 아니라면 어디로도 가지 못했을 테지요. 혹시 나의 소설 「패잔병」을 읽어보셨습니까?"

예상치 못한 질문이 가마솥 수증기처럼 훅- 밀고 들어왔다.

왜 이 타이밍에 나는 이 질문을 받아야 하는 걸까. 태인은 철렁 내려앉는 심장을 가까스로 부여잡고 대답한다.

“네… 읽었습니다….”

“그 소설에 등장하는 인민군 탈영병 유담이 바로 구자윤 그 아이입니다.”

태인은 폐부를 찔린 얼굴로 선우를 바라보았다.

“나는 전쟁이 터지고 얼마 지나지 않아 곧바로 국군으로 입대를 했지요. 몇 번의 전투에서 죽을 뻔한 고비를 넘기면서 나는 질기게도 살아남았습니다. 연합군이 가세하면서 우린 빠른 속도로 진격했고, 전쟁은 우리의 승리로 곧 끝날 것만 같았지요. 하지만 아시다시피 중공군이 개입하면서 전세는 순식간에 역전되어 우린 후퇴를 해야만 했어요. 그땐 아주 추운 겨울이었는데, 기억이 맞는다면 아마도 파주 인근이었을 거예요. 게릴라전을 펼치다가 내가 속했던 부대가 전멸을 당했지요. 난 패잔병이 되어 산속으로 숨어들었는데, 그때 그곳에서 인민군복을 입은 자윤이를 만난 겁니다. 우린 너무도 반가워 서로를 끌어안았어요. 자윤이는 1·4 후퇴가 시작되고 다시 서울을 점령한 인민군들에 의해 의용군으로 끌려왔다고 했습니다. 나는 어째서 고향으로 내려가지 않고 서울에 남아 있었느냐 타박을 했지만, 자윤이는 그저 서울에서 할 일이 남았었다고만 했어요. 그것이 이 여인을 기다리는 일이었다는 건 오늘에서야 알았네요. 그날도 자윤이는 창천동 전집을 확인하기 위해 방공호를 나왔던 것이었겠죠. 자윤이는 게릴라 전투가 있던 틈을 타 산속으로 도망을 쳤다가 나와 만나게 된 것이었어요. 그리고 결과는 소설에 나와 있는 그대로입니다. 전쟁이 끝나고 나는 자윤이를 수소문해봤지만 끝내 그 아이를 찾지 못했어요. 그러니 죽었는지 살았는지 나는 알 수가 없지요."

"그런데 왜 소설에서는 인민군 탈영병의 이름이 자윤이 아니라 유담입니까?"

"유담은 내가 자윤이에게 만들어준 필명이었습니다. 이상, 이육사, 백석, 김소월… 시대를 흔들었던 유명한 시인들이 모두 필명을 쓴 것을 두고 나도 자윤에게 그럴듯한 필명을 하나 짓자고 했었지요. 그러자 자윤이가 내게 괜찮은 필명이 생각나거든 하나 붙여달라고 했습니다. 그래서 내가 고민한 끝에 지었지요. 너의 시에는 눈물이 있어. 아주 고요하게 사람을 울리지. 그러니 유담이 어울릴 것 같아. 울 유, 고요할 담, 고요하게 사람을 울리는 그런 감성적인 시를 쓰는 시인… 자윤이도 좋아했습니다. 나중에 신춘문예로 등단하게 되거든 꼭 그 이름으로 등단을 하겠다고 나와 약속을 했었어요. 하지만 자윤이는 그 약속을 영영 지키지 못했습니다. 그래서 내가 그 이름을 내 소설에 쓴 것입니다. 날 살려준 은인이자 내가 제일 사랑했던 시인에 대한 일종의 오마주인 것이죠."

서재에 흐르는 숙연한 공기가 태인의 여행이 끝났음을 알려주고 있었다.

"그래도 죽는 그날까지 시인으로 기억되고 싶다던 그분의 소원은 이루어진 셈이네요. 선생님께서 그렇게 기억을 하고 계시니까요."

"아마 일영이 효신이 모두 그렇게 생각하고 있었을 겁니다. 자윤의 재능은 정말 뛰어났으니까요."

이제 떠날 시간이다.

"말씀해주셔서 감사합니다. 선생님."

"아니에요. 나에게도 뭉클한 시간이었어요. 나야말로 이 편지를 읽을 수 있어서 정말 고맙습니다."

"혹시 이분의 얼굴이 나온 사진을 갖고 계신 것이 있으실까요? 어떻게 생기신 분인지 너무 궁금해서요."

"안타깝게도 사진은 없네요. 우리 때는 지금처럼 사진을 마음껏 찍을 수 있던 시절이 아니었으니까요. 기자나 부자가 아니라면 카메라를 가지고 있기 힘들었죠. 우리가 함께 찍은 사진이라고는 여기 이 사진이 전부인데, 이마저도 찢어졌으니… 사진을 찍은 이가 아직 필름을 갖고 있다면 모를까…."

그렇다! 이 사진을 찍은 사람.

태인이 이 여행에서 철저히 배제하고 있던 한 사람이 남아 있었다. 편지에는 짜구라고 언급되었던 어린 소년. 그는 수희와도 친분이 있었다고 했다. 그렇다. 태인은 자신의 여행에 아직 희망이 남았음을 직감했다.

"사진을 찍으신 분에 대해서 아시는 것이 있으세요 선생님? 짜구라고 불리던 그분이요!"

"알지요. 알다마다요. 은국이에요. 김은국."

김은국. 이 낯설지 않은 이름 앞에서 왜 나는 일순간 긴장감에 휩싸이는 걸까. 태인의 머릿속은 복잡해진다.

"곧 한국에서 첫 사진전을 연다는 소식이 있던데. 혹시 들어봤나요?”

그래. 김은국. 한국의 로버트 카파, 한국인 최초의 퓰리처상 수상자, 세계가 인정한 동양의 예술가 김은국. 지원이가 준비하고 있다는 그 사진전. 이 여행의 진짜 마지막 퍼즐은 그곳에 있었다. 당장 서울로 돌아가야 한다는 생각에 태인은 마음이 급해진다.

“저 어쩌면 이 사진의 원본을 선생님께 돌려드릴 수도 있을 것 같아요!”

콜택시가 대문 앞에 정차하고 있었다. 선우는 마당까지 태인을 따라 나오며 배웅을 마지않는다.

“날씨 쌀쌀합니다. 이만 들어가세요. 선생님.”

“아니에요. 나는 괜찮아요.”

태인은 선우를 위해 걸음을 재촉한다. 그리고 택시 뒷좌석 문을 여는 순간, 태인의 머릿속에 아차! 하며 섬광이 켜진다. 놓치고 가면 두고두고 후회했을 그것.

“참! 선생님. 천랑성이 무엇인가요?”

편지 상자 안에서 사진을 발견했을 때부터 내내 궁금했던 그것.

"천랑성은 자윤이와 내가 만든 문학모임 이름이었어요. 밤하늘에서 가장 밝은 별을 뜻하는 이름이죠. 장차 문학계를 빛낼 가장 밝은 별이 되자는 의미에서 붙였던 이름입니다. 효신이, 장호, 일영이도 모두 천랑성이었지요."

천랑성. 그 시절의 청춘들이 도달하고자 품었던 인생의 목표.

"결국, 선생님께선 천랑성이 되셨네요."

태인은 그렇게 마지막 인사를 하고 택시에 오른다. 선우는 태인이 탄 택시가 보이지 않을 때까지 그 자리에 계속 서 있었다. 마치, 오래전 파주의 어느 산속에서 떠나가는 자윤의 뒷모습을 한없이 바라보았던 이십대의 '나'처럼. 선우는 태인을 보내고 있었다.

다시 고요해진 집 안으로 돌아온 선우는 서재 한구석에 있던 낡은 서랍장에서 수백 장의 원고지 뭉치를 꺼냈다. 그 시절, 차마 완성할 수 없었던. 한 자 한 자 그리움으로 여울진. 잠들어 있던 세월만큼이나 빛이 바랜 그 이름.

시인의 여인, 베아트리체.

아직 결말에 도달하지 못한 미완의 그 소설을 다시금 읽어 보며 선우는, 그 관록의 작가는, 인생의 마지막 작품으로 이 소설을 선택하는 데 주저하지 않는다. 필생의 숙원을 이룰 생각에 그는 식사도 거르고 글을 써내려갔다. 자윤을 생각하며 밤새 원고지를 채웠던 스물한 살의 혈기 그대로 그의 필체는 활력이 넘치고 있었다.

그 시각, 태인은 고현 터미널에서 11시 40분에 서울로 출발하는 우등버스에 앉아 있었다. 버스가 출발하기를 기다리며 태인은 지원에게 전화를 걸었다. 남규에게서 지원의 전화번호를 받고, 통화버튼을 누르기까지 수십 번의 망설임이 있었지만 결국, 그는 눌렀다. 그래야만 했으니까. 신호가 거의 끊어져갈 때쯤 수화기 너머로 다급하게 전화를 받은 듯한 그녀의 목소리가 들려왔다.

"여보세요?"

"…지원아."

그녀를 힘차게 밀어냈던 그날 밤 이후, 처음으로 그녀의 이름을 불러본다. 영원히 들을 수 없을 것만 같았던 그 목소리에 그녀 또한 선불리 입을 떼지 않는다. 두 사람 사이에 긴장이 서린 침묵이 흘렀다.

"…선배가 웬일이에요? 나한테 전화를 다 하고."

역시, 둘 사이에 침묵을 견디지 못하고 져주는 건 늘 지원이다. 내가 전화한 목적을 바로 꺼내면, 나는 정말 너에게 죽일 놈이 될 것만 같은데, 애석하게도 내겐 말을 돌리는 재주가 없구나. 잠깐의 망설임 끝에 태인은 힘겹게 운을 뗀다.

"오랜만에 연락해서 이런 말 하기 미안한데… 너에게 부탁이 하나 있어서…."

"…무슨 부탁인데요?"

"나 김은국 선생님 좀 만날 수 있을까?"

"선배가 무슨 일로요?"

가시가 박힌 대답이 돌아온다.

"내가 그분의 사진을 한 장 갖고 있거든. 아주 오래전 그분이 카메라를 손에 넣고 처음으로 찍어서 현상하셨던 첫 작품을… 그렇게 전하면 만나주실 것 같은데… 힘들까?"

"…."

수화기 너머에서는 짧은 고요가 이어지고 있었다.

"…부탁할게 지원아."

"…말씀은 한번 드려볼게요."

지원은 단호하게 대답하고 전화를 끊었다. 지원은 그 뒤로도 한참 동안 연락이 없었다.

태인이 태블릿 PC로 단편소설 「패잔병」의 e-book을 다운받는 동안 버스는 서서히 거제도를 벗어나고 있었다. 4시간이 넘는 긴 소요시간을 버티기 위해 모두가 잠을 청하고 있는 그 틈에서 태인은 홀로 PC 액정을 손으로 툭툭 밀어내며 선우가 영혼까지 다 바쳐 원고지에 채워 넣었을 그 등단작을 읽기 시작한다. 격세지감을 한몸에 느끼며.

나는 울었다. 왜 나는 국군 패잔병이 되어야만 했는지. 왜 너는 인민군 탈영병이 되어야만 했는지. 왜 하필 우린 이런 꼴로 마주하고 있는지.

나는 울었다. 주체할 수 없이 울었다. 그런 나를 보며 유담은 말했다.

"그래도 아직 살아는 있잖니. 생사도 확인 못하고 죽을 뻔

한 거 이렇게 기적적으로 만나기는 했잖니. 그런데 너와 내가 걸치고 있는 이 천 쪼가리가 다 무슨 의미가 있겠니. 이 기적 앞에서. 그러니 울지 말어라. 어쩔 수 없는 상황이 끝내 오더라도 우린 마지막임을 알면서 나누는 인사를 할 수 있잖니. 난 그거면 충분하다. 그러니 너무 슬퍼하지 말으렴. 이건 우리가 살아온 시대에 비하면 그렇게 슬픈 일도 아니잖니. 우린 더한 것도 견디며 살았잖니. 이 정도면 우린 분에 넘치게 행복한 거란다. 그걸 잊어선 안 돼. 모가지가 찢겨 나간 저들의 몫까지 우린 행복해하며 살아내야 하는 거야."

....

"너는 여기 있어. 죽은 듯이 여기 누워서 그 잘난 얼굴로 나를 배웅해주렴. 내 뒤통수가 저만치 사라질 때까지 이곳에서 나를 바라봐주렴. 우린 이걸로 충분히 인사를 나눈 거야. 정말 천운이 닿아 우리가 다시 만나게 되거든, 그때 온몸이 으스러지도록 서로를 반겨주자꾸나."

유담이 나에게 건넨 마지막 인사였다. 이 순간이 우리의

마지막임을, 한기로 가득한 바윗돌 밑에서 그는 정확히 인지하고 있었다. 그는 나에게 생전 보여주지 않았던 환한 미소를 남겨두고 멀어져간다. 두 명의 인민군 정찰병에게 가녀린 양쪽 팔을 붙들린 채 그는 사라져간다.

보일락 말락 희미해져가는 그의 머리끝에서 나는 알 수 있었다. 그가 고요히 울고 있다는 것을.

태인은 그렇게 자유의 마지막을 확인했다.

보일락 말락 희미해져가는 그의 머리끝이 의미하는 것은 무엇일까요?

16년 전, 태인과 정연을 갈라놓았던 수능 문제는 그들에게 그것을 묻고 있었다. 자윤의 마지막 모습을 두고, 정연은 죽음이라 답했고 태인은 구원이라 답했었다. 자윤의 마지막을 절대로 죽음이라 말하고 싶지 않았던 선우의 마음이, 절필을 선언하면서까지 고집했었던 그 마음이 태인은 비로소 깨달아진다. 자신을 살리기 위해, 죽을힘을 다해 탈출했던 적진의 소굴로 자진해서 돌아가는 자윤의 뒷모습을 보며 선우는 얼마나 많은 밤을 죄책감으로 괴로워했을까. 이 글을 쓰는 동안 골백번은 더 엎드려 울었겠지. 어쩜 평생을 그의 몫까지 살아내기 위해 그토록 쉬지 않고 글을 썼던 건지도 모르겠다. 태인은 선우에게서 자신을 보았다. 빚으로 가득 찬 마음을 안고 무겁게만 살아왔던 두 사람의 인생은 너무도 닮아 있었다. 갑자기 울컥 감정이 솟구친다. 그리고 이내 주체할 수 없이 눈물이 터져 나왔다. 태인은 혹여라도 잠들어 있는 사람들을 깨울까 싶어 황급히 손으로 입을 틀어막았다.

나는 지금 왜 눈물이 나는 거지? 왜 나는 지금 이 순간 혼자 이곳에서 이렇게 울고 있어야만 하는거지? 정연이가 뛰어내렸을 때도 울지 않았는데. 부모님이 탄 비행기를 태평양이 삼켜버렸을 때도 울지 않았는데. 이유를 모른 채 그저 북받쳐 오르는 감정으로 한참 동안 어깨를 들썩이며 울던 그때, 누군가 차디찬 손으로 젖은 태인의 손을 잡는다.

이게 우리가 나누는 마지막 인사야.

마지막임을 서로가 알고 나누는 인사.

고마웠어 그동안. 날 잊지 않아줘서.

미안했어 그동안. 말없이 가버려서.

그렇게 정연은 사라졌고, 태인의 마지막 인사가 끝에 다다를 때쯤 지원에게서 문자가 왔다.

- 내일 오후 3시, 조선호텔에서 만나요.

버스는 서울 톨게이트를 목전에 두고 있었다.

마지막 편지

오후 5시를 막 넘긴 시간.

태인은 마음속에 웅어리져 있던 빚과 짐을 모두 내려 놓은 홀가분한 걸음으로 서촌 골목 끝 낡은 대문을 넘었다. 여행을 떠나기 전까지만 해도 아직 낯섦이 가시지 않았던, 서촌과 자신의 집이 그토록 반가울 수가 없었다.

거제도를 떠나기 전, 선우는 태인이 갖고 있던 책 『울릉도』에 이런 문구를 선사했다.

나의 젊은 날을 돌려주어 깊은 감사를 드립니다. 당신의 방문으로 나는 다음 작품을 이어나갈 힘을 얻었습니다.

부디, 오늘의 여행이 당신의 인생에서도 큰 위로와 전환점이 되어주었기를 바랍니다. -정선우-

그 말대로, 지난 4일간의 짧은 여행은 태인의 인생에 많은 부분을 변화시켜놓은 듯 보였다. 무엇보다도 커다란 위로를 얻은 것만큼은 분명했으니까.

태인은 마루에 배낭을 내려놓자마자 작업실부터 확인했다. 작업실 안쪽엔 종류별로, 크기별로 쓰기 편하게끔 목재가 가득 채워져 있었다. 그가 여행을 떠난 사이, 남규가 혼자 받아서 정리해놓은 것들이었다. 그 바람에 남규는 심한 몸살에 걸려 본가로 요양을 떠난 상태였다.

태인은 이른 저녁을 먹고 옷을 갖춰 입은 채 작업실로 들어왔다. 구원에 대한 보답을 하기 위함이었다. 그는 쌓여 있는 목재 중, 나무 본연의 색과 결이 가장 예쁘게 난 편백나무를 골라 재단을 시작한다. 자르고, 문지르고, 깎아내고, 두드리는 소리는 자정에 가까워서야 멈췄다. 몸집이 왜소했던 젊은 시인을 위해 완성된 책상과 의자 한 세트. 태인은 책상 오른

쪽 하단에 젊은 시인이 사랑했던 여인의 얼굴을 그려 넣었다. 그리고 그 아래 '유담'이라는 글씨를 새겨 넣는다. 울 유, 고요할 담이 아닌. 있을 유, 기릴 담. 당신의 일상을 함께 기억해 줄 가구. 태인이 평생을 두고 쓸 회사 이름은 그렇게 탄생한다. 먼 훗날, 지금 이 순간이 전설의 시작으로 떠올려지기를 바라면서.

태인은 그 책상과 의자를 방공호 입구가 있던 자리로 옮겨 놓았다. 그리고 책상 위에 자윤의 잉크병과 펜촉이 끼워진 낡은 만년필도 함께 올려놓는다. 언제든, 그가 이 자리에 앉아서 사랑하는 여인을 보며 시를 쓸 수 있도록….

많은 것이 무너지고 사라지고 변해가는 동안 서촌의 한 귀퉁이에서 굳건하게 버텨냈던 기억은 그렇게 영원이 된다.

구름 몇 점이 뜨문뜨문 하늘을 스쳐가는 오후. 통유리창 너머로 환구단이 보이는 라운지에 앉아 태인은 은국을 기다리고 있었다. 집을 나서기 전에 거울로 옷차림을 살피느라 출발이 10분이나 늦어졌음에도 불구하고, 레이서를 방불케 하는 택시 기사는 그를 약속 시각보다 20분이나 일찍 호텔 앞에 내려주었다. 괜한 초조함에 마른 침을 삼키며 손가락으로 테이블을 따그닥따그닥 두드리기를 10여 분. 드디어 라운지 입구에서 빵모자를 쓰신 신사 한 분을 모시고 들어오는 지원을 발견할 수 있었다. 태인은 얼른 자리에서 일어나 손짓을 했다.

"내가 좀 늦었어요. 미안합니다."

정시에 도착하고도 자신보다 일찍 나와 있는 아랫사람에게 사과의 인사를 건네는 그는, 짜구라는 옛 별명이 전혀 떠오르지 않을 만큼 멋쟁이에 젠틀맨이었다.

"아닙니다 선생님. 이렇게 시간 내주셔서 저야말로 영광입니다."

어제에 이어 오늘도 태인은 감히 대적할 수 없는 고수와 마주한다.

"신 팀장한테 얘기를 듣고 깜짝 놀랐어요. 나의 첫 사진을 가지고 있다고요?"

태인은 이미 건욱과, 이효신 목사의 아들과, 선우에게까지 세 차례에 걸쳐 설명했던 자윤의 편지를 발견하게 된 사연에 대해서 털어놓는다. 선우에게 듣고 온 자윤의 마지막에 대해서도.

"하아…."

은국 역시 깊은 한숨을 무겁게 떨군다.

"참 착한 사람이었어요. 순정을 가진. 결국, 그렇게 됐었군요."

"처음 뵙자마자 이런 소식을 전해드리게 돼서 죄송합니다."

"아닙니다. 이제라도 소식을 듣게 되어 다행이라고 생각해요. 헌데, 그 소식을 전하려고 나와 만나자고 하신 겁니까?"

"아… 사실 저는 이 사진의 원본을 보고 싶어서 선생님께 연락을 드린 것입니다. 자윤이라는 그분의 얼굴을 꼭 보고 싶은데 어디에도 그분의 사진이 남아 있질 않아서요. 혹시, 이 사진의 필름을 가지고 계신지 궁금해서 연락을 드렸습니다."

"그럼요. 없을 리가요. 내 첫 작품인데요."

인자한 미소를 짓는 은국을 보며, 태인은 마치 국토대장정을 끝낸 것만 같은 후련함을 느낀다.

"다음달에 올리는 내 사진전을 보러 와요. 거기에 걸어놓을 테니. 전시 순서에 조율이 좀 필요하겠군요, 신 팀장."

"네, 준비하겠습니다."

"감사합니다. 선생님. 정말 감사합니다."

"별말씀을요."

"아! 그리고… 혹시 이 사진 속 여자분에 대해서 알고 계신 것이 있으세요? 편지에 보면 선생님과 이분께서는 친분이 있으신 거로 나와서요."

태인은 혹시나 하는 작은 기대를 품고 수희의 사진을 조심스레 내밀었다.

"그럼요. 알고말고요. 수희 누이. 안수희. 누이는 그 전집 딸이었어요. 큰딸. 그 누이의 막내아우가 나랑 같이 종로에서 구두 닦고 했었거든요. 그 아이 이름이… 동희! 안동희였어요."

"그 동생분과 지금도 연락이 되시나요?"

"아니요. 동희는 베트남전에 참전했다 죽었어요. 어린 게 제일 먼저 간 셈이지요. 하지만 아마 이사를 가지 않았다면 누이는 계속 창천동에서 막걸리를 빚고 있을 거예요. 원래 있던 가게가 전쟁 막판에 폭격으로 무너져서 그 건너편에 다시 터를 잡았거든요. 하지만 확실하진 않아요. 나도 마지막으로 누이에게 들른 것이 20년 전이라…. 누이도 이젠 팔순을 넘긴 나이일 테니…. 그래도 가보겠다고 한다면 내가 약도는 그려

줄 수 있어요. 신촌 일대 지리는 아직도 훤하니까."

"감사합니다 선생님! 그럼 부탁 좀 드릴게요."

태인은 마치, 퍼즐 조각을 다 맞춘 기념으로 큰상을 받는 기분이 든다.

은국은 태인에게 창천동 막걸리 집 약도를 손수 그려주고는 다시 호텔 방으로 올라갔다. 태인은 은국이 탄 엘리베이터의 문이 닫힐 때까지 감사의 인사를 올리고 또 올렸다. 지원은 태인을 배웅하기 위해 호텔 앞까지 따라 나왔다.

"고마워, 덕분에."

태인은 한껏 상기된 목소리로 말했다.

"선배. 요 잠깐 사이 굉장히 많이 변한 거 알아요?"

"그래?"

"말도 많아지고 표정도 밝아지고. 어딘지 모르게 홀가분해진 얼굴이네요. 다 내려놓고 온 사람 같달까…."

지원은 의구심이 가득한 눈초리로 태인을 빤히 보다가 이내 말을 이었다.

"아무튼, 잘 가요. 갤러리 오픈 전에 연락할게요."

"…지원아!"

태인은 돌아서는 지원을 황급히 붙잡았다.

"뭐 더 할 말 남았어요?"

무심한 듯 무심하지 않은 얼굴로 자신을 바라보며 서 있는 지원에게, 태인은 뒤늦게 깨달은 얼굴로 오래전에 했어야 할 그 말을 꺼낸다.

"그때 말야."

지원의 얼굴에 냉기가 돈다.

"…미안했어."

태인은 알았다. 지금이 아니면 영원히 기회가 없을 거라는 것을.

"그때 나는 널 거부한 것이 아니라, 날 열지 못했던 거였어. 네가 여자로 별로여서가 아니라, 내가 너무 하찮은 남자였기 때문에 그랬던 거야. 그러니까 이제 그만 너도 그 기억에서 홀가분해졌으면 좋겠어. 그리고 결혼도 축하해. 진심으로."

이 순간을 놓치지 않고 조곤조곤 모든 것을 고해하는 태인.

그런 태인을 지원은 대답 없이 빤히 쳐다보고만 있다. 그 눈빛에 얼굴이 뚫어져 나갈 것 같았지만 태인은 피하지 않았다. 지원은 이내 획 돌아서며 무심하게 말을 던진다.

"축의금으로 보여줘요. 얼마나 축하하는지. 선배 봉투는 내가 직접 체크할 거야."

지원은 또각또각 소리를 내며 그동안의 모습 중 가장 멋있는 뒷모습으로 태인을 떠나갔다. 그는 지원이 로비를 지나 엘리베이터로 사라질 때까지 조용히 배웅했다. 물론, 그녀는 몰랐겠지만. 이제, 보너스처럼 찾아온 상을 감사히 받으러 갈 차례다.

은국이 그려준 약도는 삐뚤빼뚤했지만 제법 정확했다. 태인은 약도를 따라 멀티방과 아이스크림 가게가 있는 건물의 뒷골목으로 들어갔다. 다양한 고깃집과 포차가 즐비해 있는 그곳에서 태인은 <막걸리와 파전>이라는 올드한 간판을 걸고 있는 수희의 가게를 찾을 수 있었다. 아직 이른 시간이라 가게 안에 손님은 아무도 없었다.

"계세요?"

태인은 인기척을 내며 가게 안으로 들어섰다. 잠시 후, 주방 쪽에서 한 젊은 여성의 목소리가 들려온다.

"아직 영업 전인데요?"

오십대 초반으로 보이는 한 여성이 고개를 내밀었다.

"저… 실례지만 혹시 여기 안수희 님이라고… 계신가요?"

부디, 계시기를… 부디… 부디… 태인은 조마조마한 얼굴로 여성을 본다.

"안수희요?"

그 여성은 이 낯선 사내를 위아래로 쓱 훑어보고는 주방 뒤쪽을 향해 큰 소리로 외쳤다. 아마도 그 뒤로 살림집이 있는 듯싶었다.

"엄마!!! 손님 오셨는데??"

다행이다. 천만다행이다. 자윤의 편지들은 더 이상 수취인 불명이 아니다.

"잠깐 앉아 계세요."

태인의 정체에 대해서 양껏 궁금해진 얼굴로 그 여성은 주방 뒷문으로 나갔다. 엄마!!! 하면서. 그렇게 얼마 지나지 않아, 백발의 할머니 한 분이 주방에서 모습을 드러냈다.

"나를 찾아오셨다고?"

"안녕하세요. 저는 박태인이라고 합니다."

"그런데요?"

그녀는 큰 눈을 끔뻑끔뻑 뜨며 자신의 인생에 불쑥 찾아온 이 남자를 쳐다보고만 있었다. 그녀는 눈에 띄게 고운 얼굴도 아니었고, 길을 가다 흔하게 마주칠 수 있는 팔십대의 여느 할머니들과 조금도 다를 바가 없어 보였다.

"이 사진 속 여자분… 어르신이 맞으시죠?"

돋보기가 없었던 그녀는 태인이 건넨 사진을 코앞까지 놓고 들여다본다.

"어머나… 이걸 대체 누가 찍었대? 내가 맞긴 한데… 이 사진을 어떻게 총각이 가지고 있어요?"

"저는 편지를 전해드리러 왔습니다. 이거 어르신 앞으로 온 편지들이에요."

태인은 오랜 세월을 거슬러온 이백열일곱 통의 편지 꾸러미를 그녀 앞에 꺼내놓았다.

"아이고 이게 다 뭐래…."

그녀는 감당할 수 없다는 표정으로 편지를 받아들었다.

"이게 다 나한테 온 편지라고요? 아니 누가 나한테 이런 걸 썼어 그래?"

태인은 이 편지를 손에 넣게 된 사연에 대해 차근차근 설명을 시작했다. 이 사연 소개, 이번이 정말 끝이구나 생각하면서. 그녀는 태인의 얘기를 듣는 내내, 이게 다 무슨 소리래? 하는 표정으로 그를 말없이 쳐다볼 뿐이었다.

“아휴, 나는 통 뭔 소린지 못 알아먹겠네.”

“이 사진 속 남자들 중에 기억나는 얼굴이 한 분도 없으세요?”

태인은 자윤이 없는 사진을 들이밀며 물었다. 예상치 못한 시큰둥한 반응에 태인의 목소리는 어딘지 조금씩 간절함이 묻어나고 있었다.

“뭐, 우리 가게에 드나들었던 대학생이 한둘도 아니고. 내가 그 얼굴들을 다 어찌 기억하겠어. 내가 볼 땐 다 그놈이 그놈이고 그놈이 그놈이었지… 구자윤인지 뭔지는… 난 이름도 들어본 적이 없네.”

그녀는 자윤에 대해서 요만큼도 알지 못했다. 그의 마음을 알아주기는커녕, 존재 자체가 기억에 없는 사람이었던 것이다.

도대체 이런 여자를 위해 그는 왜 목숨까지 걸었던 걸까.

이쯤 되니, 태인은 자윤의 절절했던 순애보가 조금씩 안타까워지기 시작한다. 이 보너스, 차라리 받지 말걸 하는 후회가 처음으로 밀려들었다.

“어르신. 기억에 없으셔도, 이 편지들은 그분이 어르신 앞으로 써두신 것들이에요. 그러니까 받아는 주세요.”

“아휴 참… 난 눈도 침침해서 이제 글도 보기 힘든데… 대체 뭐라고 쓰여 있길래 그래요?”

“그럼 제가 한 통만 꺼내서 읽어드릴게요.”

“그래요. 좀 읽어줘봐요. 듣다 보면 기억이 날 수도 있을라나 모르겄네.”

그녀는 여전히 흥미 없는 얼굴로 앉아 있었고, 태인은 그 편지 꾸러미에서 가장 마지막 편지를 꺼낸다.

1950년 12월 31일 일요일 늦은 밤

어느덧 경인년의 마지막 밤입니다.
여전히 당신은 돌아오지 않았고,
나는 또다시 방공호로 숨어들었습니다.
매일 밤하늘에는 불꽃이 터지고 유성우가 쏟아져 내립니다.
모르는 이가 보면 어디선가 거하게 축제가 열리는 줄 알겠지요.
하늘이 화려하게 피어오를 때마다
어디선가 누군가는 죽어가고 있겠구나 생각하니
가슴이 미어집니다.
내가 지금 아군의 진지 속에 있는 것인지,
적군의 진지 속에 있는 것인지도 이젠 분간하기 어렵습니다.
매일 당신의 가게를 확인하기 위해 길을 나서지만,
이젠 제발 당신이 서울로 돌아오지 않았기를
간절히 바라며 갑니다.
얌전히 길을 걷다 죽어 나가도
전혀 이상할 것이 없을 이 도시에서,
언제 죽을지 모를 간당간당한 목숨줄은 나 하나면 그만이다 더는 필요 없다 싶으니 말입니다.
방공호에 누워 있으면 내가 살아서 이곳에 누워 있는 것인지,
아님 죽어서 땅 속에 묻혀 있는 것인지,
내가 방공호가 아니라 무덤 속에 들어와 있는 것은 아닌지,
하는 생각을 하루에도 수차례씩 해댑니다.
그럴 때마다 내가 진즉에 떠날 수 있었던 순간들에 대해서
떠올려봅니다.
나는 휴교령이 내려지자마자 고향으로 떠났어야 했다.
아님, 서울이 수복되자마자 고향으로 떠났어야 했다.
창천동의 다른 가게들이 저마다 재개할 때도
굳게 닫혀 있었던 당신의 가게 문을 보았을 때
일찍이 단념하고 고향으로 떠났어야 했다.
갑작스런 한파로 뼛속까지 시려오던 11월의 그날
고향으로 떠났어야 했다.
하숙집 어머니께서 뒤늦게 피란길에 오르실 때,
나도 그 길을 따라나섰어야 했다…
나는 오로지 당신의 모습을 보겠다는 일념 하에
너무도 무모한 용기를, 너무도 늦게 내고 있었습니다.

이런 용기를 진즉에 낼 수 있었더라면 어떠하였을까요.

진즉에 용기를 내어 당신에게 이 편지들을 건네고

진심을 전하였더라면 우린 어떠하였을까요.

6월 25일 밤, 하숙집 어머니의 만류를 뿌리치고

당신의 가게로 갔었더라면 그땐 당신을 볼 수 있었을까요?

생사의 갈림길에 놓이고 보니,

밀려드는 건 그저 못다 한 일들에 대한 후회뿐입니다.

그때 그랬었더라면. 그때 그랬었더라면. 그때 그랬었더라면.

나는 오늘 하루 종일 차디찬 무덤 같은 이 방공호에 누워,

그동안 내가 당신에게 썼던 이백하고도 열여섯 통의 편지들을

하나하나 꺼내어 다시금 읽어보았습니다.

분명 내가 지나온 나의 시간들인데,

나에게 이런 순간들이 언제 있었던가 싶었습니다.

마치 소설에서나 나오는 상상 속 인물들의 이야기를

적어놓은 것만 같았지요.

허구처럼 느껴지는 지난 세월을 돌아보며

나는 억장이 무너졌습니다.

나는 소심함으로 인해

너무도 많은 기회와 순간들을 놓치며 살아온 것 같습니다.

비록 역경이 휘몰아치는 시대 속에 살고 있다고 해도,

그 안에서 나는 최선의 선택을 하며

징글징글 살아냈었어야 했습니다.

허나, 이제 와 돌이켜보면

나는 너무도 안일하게 살고 있었습니다.

남는 거라고는 온통 후회뿐이지요.

그 후회의 시간들을,

당신에게 쓴 편지들이 고스란히 증명해주고 있어

나는 적잖게 가슴이 아려옵니다.

이제 마지막 종이입니다.

나에게 남은 종이는 이것으로 끝입니다.

수중에 돈도 없고 상점도 열지 않으니 아마도 이 편지가

당신에게 쓰는 마지막 편지가 되리라 생각합니다.

당신에게 편지를 쓰는 낙마저 없어지면

난 이제 어떻게 하루를 버텨내야 하나, 눈앞이 아찔하지만

어떻게든 살아봐야겠지요.

그동안 참아오고 버텨냈던 시간들이 헛되지 않도록 말입니다.

그나마 날 여기까지 살 게 한 건
두말할 여지없이 당신이었습니다.
누군가를 온 정성을 다해 사모한다는 것이 어떤 일인지도
당신 덕분에 알게 되었으며,
당신 덕분에 가슴 뛰었던 나의 젊은 날들을
사랑해 마지않습니다.
비록, 미처 내지 못한 용기에
후회가 절반이고 미련이 절반이라지만
그래도 미워할 수 없는 내 청춘이었음을.
아마 그 시절, 나에게 이런 미래가 기다리고 있을 거라고
조금이라도 예상을 했었더라면
나의 선택은 분명 많이 바뀌었을 테지요.
늘상 마지막 순간은 마지막이 아닌 척 우릴 스쳐갑니다.
그 순간을 한참이나 놓치고 살고 나서야 뒤늦게,
그 순간이 우리의 마지막이었구나 깨닫게 됩니다.
많은 후회와 미련을 남겨두고 차마 돌이킬 수도 없게 말입니다.
운명이란 정말 얄궂지요.
그나마 내가 지금 행복한 것은

이 편지가 마지막임을 명확하게 알기 때문입니다.

알고서 건네는 마지막 인사를 할 수 있다는 것이지요.

수희 씨.

나는 당신을 만나게 되어 너무도 감사합니다.

당신이란 추억마저 없었더라면

내 인생은 정말 아무 의미도 없을 뻔했습니다.

수희 씨.

나의 첫정이었던 여인. 내 인생 가장 소중한 인연이었던 당신.

부디 꼭, 다시 만날 수 있기를 바라며.

안녕히.

이백열일곱 통의 편지를 끝으로

당신을 사모하는 구 자 윤

내내 시큰둥한 얼굴로 앉아 있던 수희의 눈빛이 조금씩 흔들려오고 있었다. 태인은 그녀에게 시간을 주기 위해 그녀가 먼저 입을 열 때까지 잠자코 기다렸다. 잠시 후, 한층 다운된 목소리로 그녀가 말했다.

"아까 그 사진 좀 다시 보여줘요."

태인은 말없이 자윤의 친구들 사진을 보여준다. 그녀는 한 명 한 명 꼼꼼히 다시 보기 시작한다.

"여기 찢어진 부분이 그 사람이라는 거죠? 구자윤."

"네. 안타깝게도. 얼굴을 확인하진 못했어요."

"볼 수 있는 방법은 없나요?"

"다음 달에 열리는 김은국 선생님 사진전에 원본을 올려주신대요. 같이 보러 가실래요?"

"다음 달 언제?"

"다음 달 1일이요. 어르신께서 가신다고 하시면 제가 모시러 올게요, 그날."

"그래요. 꼭 좀 보고 싶네. 그 사람."

그녀의 눈빛은 어느새 애달프게 젖고 있었다. 태인은 이제야 자신이 생각했던 결말대로 다시 흘러가는 느낌이 든다.

“이 편지들은 어르신 거니까. 드리고 갈게요. 눈 침침하셔서 보시기 힘드시면 그냥 갖고만 계셔주세요.”

“그래요. 내가 잘 보관할게요.”

태인은 편지를 전달해준 답례로 수희에게서 직접 빚은 막걸리 한 병을 받았다. 이 막걸리가 30년산 양주들보다 더욱 값지게 느껴지는 태인이다. 그는 대업을 마친 사람처럼 가게를 나와 서촌으로 향한다.

회고

창천동 어느 술 빚는 마을
기름내 단내 온 데 섞여
달큰하게 피어오르는 그곳에
어린 꽃 홀로 피어있다.

아무도 눈길 주지 않는 그곳에
볕도 들지 않고, 바람도 앉지 않는
서러운 그곳에
어린 꽃 홀로 잘도 피어있다.

밑창이 드러난 낡은 신 힘겹게 끌고
그 앞을 지나던 길 잃은 소년
한참을 우두커니
어린 꽃을 바라본다.

너는 누굴 위해
그리 어여쁘게도 피어 있느냐
묻는다. 왜 이곳이냐 묻는다.
하필이면 이런 곳이냐 묻는다.

그저 피어 있는 거예요.
그저 살아 있는 거예요.
당신과 같이
나도 그런 거예요.

차디찬 석경 위, 굳세게 피어 있는
어린 꽃 앞에
소년은 절로 고개가 떨어진다.

그 작고 남루한 어깨는

먼동이 틀 때까지 조용히 들썩인다.

어린 손주는 또랑또랑한 목소리로 시를 읊었다. 오래전, 한 젊은 시인이 자신에게 바쳤던 시 앞에서 수희는 심장이 덜컹 내려앉음을 느낀다.

"할머니 근데 이게 무슨 말이에요?"

어린 손주에겐 그 시가 영 어려웠나 보다.

"그건 할머니 얘기야. 누가 할머니 보고 쓴 거야."

"그럼 할머니가 어린 꽃이에요? 할머니는 할머니지, 할머니가 왜 꽃이에요?"

"그러게나 말이다… 할머니는 할머닌데 그치?"

어린 손주는 고개를 끄덕이며 격하게 동의했다. 자신이 태어나는 순간부터 할머니의 모습을 하고 있었던 수희를 보며 싱싱하게 핀 어린 꽃을 연상시키기엔 아직 무리인 나이였다.

"인제 그만 자자, 우리 똥강아지. 그래야 내일 학교 가지."

수희는 어린 손주의 노글노글한 볼을 매만지며 말했다.

어린 손주를 재워놓고, 수희는 서랍장 깊숙한 곳에서 돋보기안경을 꺼냈다. 실로 오랜만에 써보는 돋보기였다. 그사이 눈이 더 침침해졌는지 입김을 불어 반짝반짝하게 알을 닦아 봐도 예전만큼 선명하게 보이질 않는다. 그 뿌연 기운을 이겨 내며 수희는 긴 세월을 돌고 돌아 가까스로 자신의 앞에 도착해 있는 자윤의 편지들을 읽기 시작했다.

새벽에 가게 문을 닫고 집으로 들어온 딸이, 엄마 방에서 새어나오는 불빛을 보고 조심스럽게 방문을 열 때까지도 수희는 그의 편지들을 읽고 있었다.

"엄마 아직 안 자?"

"어. 왔니?"

수희는 읽고 있던 편지를 황급히 내려놓는다.

"세혁이는 일찍 잠들었다. 내일 학교에 오… 오키리나?인지 뭔지 가져가야 한다던데 그게 뭐니?"

"오카리나. 음악 시간에 배우는 악기 있어. 진혁이 때만 해도 리코더랑 멜로디언이면 끝났는데, 요즘은 학교에서 별걸 다 가르친다니까. 에휴… 늦둥이 키우기 힘들어 죽겠어. 나이 먹고 이게 뭐하는 짓인지."

"에미 앞에서 못하는 말이 없어."

"엄마! 근데 이 편지 쓴 남자 누구야?"

"엄마도 잘 모르는 사람이야."

"잘 모르는 사람이 엄마 앞으로 이렇게 많은 편지를 남겨? 딱 보니 연애편지구먼! 솔직히 말해봐. 아빠랑 결혼하기 전에 만났던 남자야?"

딸은 늙은 엄마 앞으로 도착한 연애편지가 꽤 흥미로운 듯 두 눈을 반짝이며 물었다.

"그런 거 아니야."

"에이 아니긴… 뭔데~ 누군데~ 응? 말 좀 해줘, 궁금하단 말이야."

딸은 계속해서 엄마의 숨겨진 연애 이야기를 해달라고 채근해댔다. 하지만 수희는 딱히 뭐라고 해줄 말이 없었다. 그것은 수희조차도 모르고 있던 자신의 이야기였으니까.

"아유 됐어! 늦게까지 장사하느라 피곤할 텐데 어여 건너가자."

"거 참… 되게 비싸게 구시네. 안수희 여사! 알겠어요. 엄마도 좀만 보다가 얼른 주무셔."

딸은 못 이기는 척 일어나 방을 나갔다. 다시 고요가 찾아온다. 일정한 간격으로 건강하게 울려 퍼지는 어린 손주의 숨소리를 들으며 수희는 다시 편지를 읽어나간다.

3일 전, 항아리에 담가두었던 막걸리는 포글포글 소리를 내며 발효가 진행 중이었다. 적정 온도가 맞춰져 있는 창고 안에는 매일매일 새롭게 담가진 막걸리 항아리들이 수북하게 쌓여 있었다. 그것을 때에 맞춰 주걱으로 저어주고 걸러내어 최적의 맛을 만들어내는 것이 수희의 일이었다. 그렇게 완성된 막걸리들은 보통 하루에 큰 항아리 한 대가 동이 날 만큼 잘 팔려나갔다. 변화에 민감했던 상권 틈에서 끝까지 전통방식을 고수하고 메뉴를 바꾸지 않았던 것이 가게의 유명세에 크게 한몫했던 것이다.

수희는 그 창고에 앉아 자신의 술 항아리들을 가만히 바라보았다. 막걸리를 빚어왔던 자신의 오랜 세월이 항아리들 속에 암팡지게 담겨 있는 듯했다. 하지만, 어느 항아리에서도 구자윤이란 인물에 대한 기억은 없어 보인다. 정확하게 가늠할 수 없는 어떠한 감정이 폐부를 찔러온다. 이 허전함을 무엇으로든 달래야겠다 싶은 수희. 그 길로 방으로 돌아온 그녀는 펜과 종이를 준비해 탁자를 바짝 끌어당겨 앉는다. 안녕하세요 구자윤 님. 저는 안수희입니다. 이후로 다음 문장을 시작하기까지 수 분이 걸려온다.

안녕하세요 구자윤 님.

저는 안수희 입니다.

오래전, 당신이 제 앞으로 쓰셨던 귀하디귀한 편지와 시는

긴 잠 끝에 비로소 제 손안에 들어와 있습니다.

비록, 당신의 바람대로

내가 당신의 첫 독자가 되지는 못하였지만,

그나마 더 늦지 않고 마지막 독자라도 될 수 있었다는 사실이

나는 얼마나 다행인지 모르겠습니다.

운명이 끝까지 잔인하지는 않았다는 것에 감사해야겠지요.

오늘을 보기 위해 나는 그 세월을 살아냈나 봅니다.

살면서 이토록 많은 사모를 받은 적은 처음이라

감개무량했던 편지들이었습니다.

무슨 말로 이 편지를 시작해야 하나 많은 고민이 있었는데,

막상 또 한 줄 두 줄 채워지는 것이 저로서는 신기할 따름입니다.

무려 66년입니다.

당신과 나 사이에 놓인, 반세기를 훌쩍 뛰어넘는 이 간극을

무엇으로 좁힐 수 있을까요.

이젠 나에게 그런 시절이 있었는지조차 어슴푸레한데 말입니다.

그래도 나는 까마득하게 멀어진 그 길을 거슬러 올라가
기어코 당신을 떠올려보아야겠지요.
그것이 내 앞에 도착한 이백열일곱 통의 편지에 대한
예의일 테니 말입니다.

당신에게 분에 넘치는 사모를 받았던 그때.
나는 스무 살이었습니다.
스무 살.
말을 해놓고도 놀랍네요. 내가 스무 살이었다니…
내가 그런 적이 있었다니…
꿈인 듯 사라져간 그 시절,
나는 다락방에 올라가 종종 울곤 했었습니다.
막걸리를 빚고, 전을 부치고, 설거지를 하는 하루 일과가
체력적으로 그리 고된 것은 아니었는데,
속에서는 한 번씩 치밀어 오를 때가 있었지요.
세상 모든 것이 야속하게만 느껴지는 그런 순간이요.
아마도 그건, 열다섯 살의 내가 그려왔던 미래와는
전혀 다른 삶을 살아야만 했던 현실에서 비롯된

서러움이었을 테지요.

열다섯 살의 나는 중학교에 다니면서 신여성의 삶을 꿈꿨습니다.

나는 공부도 곧잘 했었으니

대학교에 가는 건 당연하다 생각했었지요.

학교를 다 마치고 나면 교사나, 국가 기관에서 일하는

전문직 여성이 되고 싶었어요.

양장을 차려입고 구두를 신고 다니는 여성이요.

재능이 좀 있다면 작가가 되어볼까도 생각했었습니다.

나의 할머니가 그랬고, 나의 어머니가 그랬던 것처럼

평생을 술지게미만 만지면서 살고 싶진 않았어요.

어린 시선에서 봤을 때, 할머니와 어머니의 인생이

그리 행복해 보이진 않았으니까요.

단 하루도 특출날 것이 없이,

그날이 그날처럼 반복되는 그 삶이 얼마나 지루해 보였겠어요.

그 모습을 보면서 나는, 어쩔수없이, 별다른 도리가 없어서,

그저 주어지는 대로 받아들이고 사는 인생은

절대로 살지 않겠노라 다짐했었지요.

스스로가 자기 인생의 중심이 되어

개척해나갈 의지가 없는 삶은 의미가 없다고 생각했었으니까요.
그렇다고 나의 할머니와 어머니의 인생이
헛되었다고 말하고 있는 것은 아닙니다.
나는 그분들이 아니니까.
그분들의 인생이 어떠했다 감히 평가할 수는 없는 거겠지요.
어쩌면 두 분은 평생 술을 빚으시면서
안으로는 보람과 긍지를 느끼셨을지도 모릅니다.
내가 미처 보지 못한 삶의 이면이 있었을지도요.
아무튼 나는, 그 일만 아니라면
뭐든 재밌고 새롭지 않을까 하면서
나의 스무 살 청사진을 그려왔어요.
헌데, 그 희망은 길게 가지 못하더이다.
정확히 일 년 뒤, 남동생이 중학교에 가야 하니
너는 여기까지만 하거라.
여자가 중학 과정까지 마쳤으면 배울 만큼 배운 게다.
알 만큼 알았을 테니 이제 너의 분수에 맞는 삶을 살거라.
라고, 아버지께서 말씀하셨지요.
그때서야 비로소 나는 깨달았습니다.

인생을 개척해나가는 것도
아무나 할 수 있는 일이 아니라는 것을요.
그럴 수 있는 환경을 타고나야만 가능한 일이라고 말입니다.
가르치고 키워내야 할 동생이 줄줄이 다섯이나 있는 집안에서
장녀가 한가롭게 책이나 보면서
신여성이 되는 꿈을 꾸어서야 되겠습니까.
결국 어쩔 수 없이, 별다른 도리가 없이,
나 역시 내 어머니처럼, 내 할머니처럼,
나에게 주어지는 대로 그 삶을 받아들여야만 했지요.
나보다 공부를 못했던 학우들이
새로운 교복을 입고 고등학교로 진학을 할 때,
나는 앞치마를 두르고 어머니를 따라 술지게미를 만졌습니다.
막걸리를 빚고, 남은 지게미로 전을 부치고,
또 남은 지게미로 찌개를 끓이고…
하루 종일 그러고 있다 보면 술지게미 냄새가
손에 옹골지게 배어, 양잿물로 만든 빨랫비누로
손 껍질이 벗겨질 만큼 박박 닦아내도
그 들척지근한 향이 좀처럼 가시질 않았지요.

잠자리에 누워서도 스멀스멀 올라오는 술지게미 향이
끝내 서러워, 나는 다락방으로 올라가 베개에 얼굴을 파묻고
울어야만 했습니다.
그래야만 했었습니다.
그래야만… 내일을 살 수 있는 기운이 채워졌으니까요.
매일 아침 한 장씩 찢어냈던 일력처럼
나의 열일곱, 열여덟 세월은 흔적도 없이 버려졌습니다.
말 그대로 어찌어찌 살다 보니
스무 살이라는 나이에 도착해 있었던 것이지요.
당신이 방공호 안에서 느꼈던 절망과 답답함을
나는 그 시절 내내 느꼈습니다.
인생이 그러했으니 가까이에서 나를 빤히 보던 남자의 시선을
알아차릴 수도 없었겠지요.
어쩜 나는 그렇게도 몰랐을까요…
너무 의미 없는 시간을 살아놔서
나는 차마 후회라는 것도 못합니다. 염치가 없어서 말이지요.
헌데, 당신의 편지들을 읽고 나니 이런 생각은 듭니다.
만약에 그때 내가 주변을 돌아볼 정신이

조금이라도 있었더라면…

그래서 날 보던 당신과 눈이라도 마주쳤었더라면…

그래서… 누군가는 나를 꽃처럼 아름답게도 바라봐주는구나.

나도 누군가에게 사랑을 받는 존재였구나.

라는 걸 느낄 수 있었더라면… 그랬었더라면…

사는 게 조금은 덜 힘들지 않았을까요?

늦은 밤, 베개를 들고 다락방으로 올라가는 일이

조금은 줄어들지 않았을까요…

나는 그 어린 날을 왜 그리도 팍팍하게 살았을까요.

당신이 편지에 적어 두었던 그 위로를 그 시절에 받았더라면

나는 좀 더 살 만했을지도 모릅니다.

삶의 의미를 부여할 수 있는 곳이 생겼을 테니 말입니다.

정말 그랬었더라면… 인생의 많은 부분이 바뀌었겠지요.

6·25가 터졌을 때는 우리 가족 모두

부산에서 피난 생활을 했었습니다.

꼬박 3년을 부산에서 있었지요.

서울로 돌아온 건 휴전이 되고 몇 달이 지나서였습니다.

창천동 집은 폭격을 맞아 부스러기만 남아 있는 상태였어요.

결국 아버지는 우리 집보다 사정이 조금 나았던
친구분 가족과 살림을 합치기로 하셨고,
옛집의 맞은편에 새로 터를 잡게 되었지요.
그게 지금의 가게가 있는 곳입니다.
그리고 이듬해 나는 아버지 친구분의 아들과 혼인을 했어요.
그이는 나보다 한 살이 많았는데 상이군인이었지요.
한국전쟁에 참전했다가 오른쪽 정강이뼈에 총을 맞았거든요.
자신의 오른쪽 다리가 피를 토해내며 저 멀리 굴러가는 것을
그이는 두 눈으로 생생하게 보았다고 했어요.
군대에 가기 전에는 우편배달을 했던 사람이었는데,
다리가 그리됐으니 더 이상 우편배달은 할 수가 없게 됐지요.
그이는 나를 도와 가게 일을 했고,
술지게미와 기름내로 늘 손이 절어 있었던 나를 대신해
우리 아이들을 키워냈어요.
남자임에도 불구하고 갓난쟁이를 씻기고 먹이고 재우고
놀아주고 하는 일들을 척척 해냈었지요.
참 자상한 사람이었어요. 포근했고요.
연애라는 것도 생전 못해보고,

사랑? 그런 애틋한 마음이 뭔지도 모른 채로 한 혼인이었지만
이런 남편을 만나 참 다행이라고 생각했었어요.
그렇게 아이 둘을 더 낳고
살림살이도 조금씩 나아져갈 무렵이었는데,
그이가 며칠만 가게 문을 닫고 여행을 다녀오자고
제안을 했었어요. 바람을 쐬고 싶다면서요.
계곡도 흐르고 산세도 예쁜 그런 곳이면 좋겠다고 했었지요.
마침, 그이의 군대 선임 중에 강원도에 사는 이가 있어
우린 그곳으로 떠나게 됐어요.
아이들은 어머님과 삼촌들에게 맡겨두고
그이와 나, 단둘이서만 하는 첫 여행이었지요.
태어나서 처음으로 그렇게 설레었던 적이 없었어요.
그때 우리가 걸었던 산길과,
가만히 발을 담그고 있었던 계곡물과,
가마솥에서 갓 쪄낸 감자의 맛이 아직도 생생합니다.
잊을 수가 없어요.
하루 이틀을 그리 보내고 마지막 날이었는데,
한밤중에 갑자기 그이가 배를 잡고 구르기 시작했어요.

뭘 잘못 먹은 것도 아니었고, 어딜 다친 것도 아니었고
그냥 잘 자고 있었는데 갑자기 복통으로 요동을 쳐댔죠.
옆방에서 자고 있던 선임을 얼른 깨워
그이를 업히고 동네 의원으로 달려갔습니다.
안에서 불이 켜지기까지
나는 30분이 넘도록 문을 두드려야 했어요.
이미 그이의 얼굴은 새파랗게 질려가고 있었지요.
겨우 문을 열어준 반백의 의사는
그이가 맹장이 터진 것 같다며 수술이 가능한 큰 병원으로
얼른 가는 것이 좋겠다고 했어요.
자기가 이곳에서 할 수 있는 건 아무것도 없다면서 말이에요.
하지만 큰 병원이 있는 강릉 시내까지는
차로도 한 시간은 더 달려야 하는 거리에 있었지요.
막차는 이미 끊어진 지 오래고,
첫차는 못해도 너덧 시간은 있어야 올 텐데 어쩌나 하면서
발만 동동 굴렀어요.
그 깊은 산골에 차를 가진 이가 있을 리 만무했고,
지금처럼 전화 한 통에

구급차나 콜택시가 오던 시절도 아니었으니
우린 절망할 수밖에요.
결국, 첫차가 오기도 전에 그이는 싸늘한 주검이 되었습니다.
그이의 몸이 차갑게 식어가는 과정을
나는 온전하게 다 느꼈어요.
마치 그이의 영혼이 몸에서
서서히 빠져나가고 있는 것 같았지요.
달아나고 있는 영혼을 잡으려
그이의 손을 있는 힘껏 움켜쥐었지만 결국 그는 가버렸어요.
강원도 산골짜기에 나를 홀로 두고…
나는 너무 놀라서 눈물도 안 나왔었어요.
그저, 이게 대체 무슨 일이지?
나에게 지금 무슨 일이 일어난 거지? 하고만 있었지요.
그이를 묻고 내려오던 날, 비가 추적추적 내렸습니다.
나는 그 비를 고스란히 다 맞으면서 남편을 보내야 했어요.
당신은 비가 오는 날이면
나를 처음 보았던 그날을 떠올리며 내게 편지를 쓰셨던데,
유감스럽게도 나는 비가 오는 날이면

남편을 보냈던 그날만 떠오릅니다.

그 빗속에서 나의 치맛자락을 잡아당기던 세 아이를 보면서

아, 내가 과부가 되었구나…

나의 아이들은 아버지를 잃었구나…

정신이 번쩍! 차려지던 그 순간만이 생각납니다.

그리고 집으로 돌아오던 길에 연세의료원 건물을 보는데

그제야 눈물이 쏟아지더군요.

창천동 집에서 걸어서 20분도 안 걸리는 곳에

이런 으리으리한 병원이 있었는데.

집에서 맹장이 터졌더라면 충분히 살고도 남았을 텐데.

왜 하필 그이는 그곳에서 맹장이 터졌는지.

왜 하필 그때 우린, 그 멀고 먼 강원도 산골짜기에 있었는지.

왜 하필… 왜 하필… 하면서 나는 연세의료원 앞에 주저앉아

한참을 울었어요.

그이의 손을 부여잡았던 그 손으로 가슴을 마구 치며 울었어요.

그러다 깨달았어요. 그이가 나를 많이 사랑했었다는 걸.

하루 종일 손에 물 마르지 않던 날 위해 잠자리에 들기 전

꼬박꼬박 로션을 챙겨주었던 것도 사랑이었고,

새벽에 아이가 깨서 울면 나보다 먼저 일어나
아이를 안고 조용히 달래던 것도 사랑이었고,
함께 산길을 걸을 때 돌부리에 걸려 넘어질 뻔한 나를
얼른 잡아줬던 것도 사랑이었고,
계곡물에 발을 담그기 전에 자신의 발을 먼저 적셔
물이 얼마나 차가운지 미리 말해준 것도 사랑이었고,
김이 폴폴 올라오는 감자 껍질을 까준 것도 사랑이었다는 걸.
나 역시 그이를 많이 사랑했었더군요.
남자라고는 손 한번 잡아본 적도 없던 여자가,
사랑이라는 감정이 뭔지도 몰랐던 여자가,
잘 알지도 못하는 남자랑
그저 집안에서 정해주는 대로 혼인을 한 건데
그렇게 만난 남자에게 자상함을 느끼고
포근함을 느꼈던 감정이 결국 사랑이었다는 걸.
하필 그날에서야 모든 게 깨달아진 거예요.
늘 불쌍하게만 여겼었던 나의 유년기도,
그날이 그날처럼 그저 살아만 왔었던 날들도,
결코, 의미 없는 시간이 아니었어요.

그이는 나를 사랑했던 기억과,
나와 살았던 추억들을 벗 삼아 황천길을 걷고 있을 텐데
그것만으로도 내 삶은 충분히 가치 있었다고 말이에요.
이 깨달음이 그이가 나에게 주는 마지막 사랑이었던 것 같아요.
그때 내 나이는 서른여섯이었습니다.
그때는 서른여섯이라는 나이가
결코 어린 나이라고 생각되지 않았었는데
이제사 돌이켜보면 그때 나는 '고작' 서른여섯이었네요.
인생의 삼분의 일밖에 살지 않았던 고작 그 정도의 나이.
그로부터 몇 달 지나지 않아,
베트남에 갔던 막냇동생마저 시신이 되어 고국으로 돌아왔지요.
그해 우리 가족은 두 번이나 산을 올라야 했습니다.
나에겐 1966년이 1950년보다 더 잔혹한 해였어요.
나는 어쩌자고 이딴 운명을 타고났을까,
생각할수록 기구하구나 싶었어요.
그래도 어쩝니까. 계속 살아나갈 수밖에요.
살아내야 할 수밖에요.
그렇게 50년을 더 살아 오늘이네요.

다행히 나의 아이들은 잘 자라주었습니다.
환갑을 앞두고 있는 큰아들은
초등학교에서 교장을 지내고 있고,
둘째는 종로에서 작은 식당을 운영하고 있고,
막내 딸아이는 나의 뒤를 이어 가게를 운영하고 있지요.
그토록 싫었던 술지게미 만지는 일을 나는 70년에 가까운
세월을 해오고, 딸아이에게까지 물려주고 있어요.
참, 인생이란 알 수가 없지요.
그리고 저물어가는 인생의 뒤안길에서
나는 당신의 편지를 받았습니다.
더 이상 새로운 것에 대한 기대도 없고,
하루가 다르게 쇠약해져가는 몸은 또 하루 늙었구나를
말해주는 것 같아 노상 서글퍼지는 시기에 말입니다.
나는 좀처럼 알지 못했던 이가,
나를 그리워하며 써낸 이백여 통의 편지들과 한 편의 시는
감격 그 자체였습니다.
그 편지 덕분에 나의 지난 인생도 다시금 돌아볼 수 있었고요.
굴곡 많은 시대에 태어나

그렇게 살 수밖에 없었던 많은 여성들처럼,
나 역시 평범에 지나지 않는 삶을 살아왔다고 생각했었는데,
당신의 편지로 인해 내 인생이 조금은 특별해진 느낌입니다.
남편이 내 삶에 의미와 가치를 알려주었다면,
당신은 안수희라는 한 여자의 일생에
위로와 향기를 더해준 셈이지요.
고맙습니다. 이토록 고마운 당신인데,
나는 아무리 기억을 더듬어보아도
당신을 찾아내지 못한 것 같아 미안할 뿐입니다.
당신에게 쓰는 나의 편지가
당신이 내게 남긴 그 편지들을 다 보듬을 수 있을 만큼
심원한 답장이 되지는 못할 테지만, 그래도 조금이나마
당신의 그리움을 덜어낼 수 있다면 좋을 것 같습니다.
한 번쯤 나의 꿈에라도 나와서 말을 걸어주세요.
그땐 활짝 웃어드리겠습니다.
오직 당신만을 위해서 웃어드리겠습니다.

구자윤 님 앞으로

안수희 드림

이 편지가 자윤의 손에 쥐여지게 될 일은 결코 없음을 직감하면서도 수희는 막걸리를 빚어내듯 정성스럽게 편지를 써내려갔다. 쓰는 동안 몇 번이고 멈춰, 흐르는 눈물을 닦아내야 했지만 그녀 자신도 그 눈물의 의미가 정확하게 무엇이었는지는 알지 못했다. 서럽고 우울했던 어린 날에 대한 한이었는지, 미처 알지 못했던 마음에 대한 미안함이었는지, 너무 일찍 가버린 남편에 대한 그리움이었는지 아님, 이 모든 것을 한꺼번에 다독여주는 자윤의 위로 때문이었는지. 그녀는 알지 못했다.

서촌의 기억

가을은 순식간에 흘러가고, 예년보다 3주는 빠른 첫 눈이 내리고 있는 토요일 오후. 태인은 창천동의 막걸리 집으로 수희를 모시러 가는 중이다.

그동안 태인은 매우 바쁜 시간을 보냈다. 회사 이름이 생긴 것에 신이 난 남규가 광고회사에 다니며 쌓았던 노하우를 이용해 대형 인터넷 쇼핑몰 세 군데에 회사를 입점시키면서 사업이 제법 활기를 띠었기 때문이다. 주문량에 맞춰 작업하는 틈틈이 태인은 선우를 위한 흔들의자를 만들어 거제도로 보냈다. 2층 테라스에 두고 노을이 내리는 바다를 감상할 때 이용하시면 좋겠다는 메시지와 함께.

지난 주말에는 남규와 함께 고등학교 동창 모임에도 다녀왔다. 동창 모임에 처음 등장한 태인을 보며 모두가 놀라워했고, 태인은 전처럼 중간에 도망치지 않고 끝까지 자리를 지켜냈다. 남규는 이런 태인의 변화를 무척이나 반가워했으며 한편으로는 안도를 느끼기도 했다.

그리고 선우는, 대학 시절 단편소설을 써냈던 속도로 자신의 은퇴작 『시인의 여인, 베아트리체』를 완성시켰다. 소설 속 시인의 이름은 구자윤이었다. 늘, 다른 이름으로 자윤을 포장했었던 선우는 처음이자 마지막으로 소설에 그의 이름 석 자를 고스란히 씀으로써 그를 세상에 부활시켰다. 거장의 은퇴작은 출간과 동시에 베스트셀러에 올랐으며 TV 교양 프로그램에서는 앞다투어 그의 일대기와 작품세계를 다룬 스페셜 방송을 내보냈다. 한 방송사와의 인터뷰에서 선우는 이렇게 말했다. 시인의 여인, 베아트리체는 자신의 몸이 가장 건강했던 시절에 시작해서 정신적으로 가장 건강해진 오늘날에 비로소 완성된 소설이라고. 이 소설을 제대로 완성하기 위해 그는 한 평생 글을 써온 거였다고 말이다. 소설가 정선우의 마지막은 끝없는 박수와 환희로 이어졌다.

수희의 가게 안에는 과 잠바를 입은 대학생들이 일찌감치 테이블을 차지하고 앉아 있었다. 오매불망 태인을 기다리고 있었던 듯, 유리창 밖으로 태인의 모습이 보이자마자 수희는 얼른 가방을 챙겨 가게를 나갔다. 오늘을 위해 염색도 새로 하고 백화점에서 비싼 옷도 사 입은 수희는, 여러모로 신경을 많이 쓴 티가 여기저기서 나고 있었다. 그런 수희를 보며 태인은 자윤이 그녀의 이름을 처음 알게 되었던 그날, 종로에서의 모습이 딱 이러하였을까 생각해본다.

두 사람은 광화문으로 향하는 택시에 올랐다. 갑작스럽게 내린 눈 때문에 거리는 매우 혼잡했다. 그들이 탄 택시는 가는 둥 마는 둥 거북이걸음을 하고 있었다.

"나 그 편지 다 읽어봤어요."

내내 창밖의 풍경만 보고 있던 수희가 조용히 운을 뗐다.

"눈도 침침하시다면서, 보실 만하셨어요?"

"봐야지요. 시간이 걸리더라도."

"어떠셨어요?"

"무슨 영화나 소설 속 여주인공이 된 기분입디다… 나는 그저 먹고사는 데만 급급했지, 그런 낭만 같은 거는 아주 모르고 살았거든. 중학교를 마치고부터 어머니를 따라 막걸리를 빚었는데, 가끔씩 외출을 해서 책방에 다녀오는 것이 내 유일한 취미생활이었지요. 바람과 함께 사라지다, 그 책은 아마 살면서 수십 번도 더 읽었을 거야. 다시 태어난다면 반드시 스칼렛 오하라처럼 인생을 개척하면서 살고 싶다고 그러면서 말이지. 난 그 시대를 살았던 내 또래의 많은 여성들처럼 지극히 평범한 삶을 살아온 사람이었어요. 남들 사는 만큼만 살면 성공한 거라고 생각하면서 살았던 사람이니까. 이런 나를 그토록 특별하게 기억해주는 이가 있었다는 사실이 난 그저 감사할 따름이지요. 헌데 나는 그렇게 고마운 이의 이름도 얼굴도 모르고 있었으니 거참… 나중에 저승 가서 만나면 미안해서 또 못 보겠다 싶더라고…. 그분은 먼저 가 있는 게 맞지요?"

수희는 자윤의 죽음에 대해서 묻고 있었다. 곧이곧대로 말하면 안 될 것 같아 태인은 약간의 첨가물을 섞는다.

"네…. 마지막 편지를 쓰시고 얼마 지나지 않아 군에 입대하셨대요. 그러고는 전투 중에 돌아가신 걸로 알고 있어요."

"의롭게 가셨네… 나라 구하려다 가셨으니."

그래. 이렇게 마무리되는 쪽이 최선이라고 태인은 생각한다.

“근데 어르신께서는 전쟁 때 어떻게 되신 거예요? 서울에 안 계셨던 거예요?”

태인의 질문에 수희는 차마 편지에는 쓰지 못했던 그날에 대해 털어놓기 시작했다.

“전쟁이 터지기 전날, 그러니까 6월 24일에. 부산에 계신 외할머니가 돌아가셨거든. 그래서 우리 가족은 모두 상을 치르기 위해 부산에 내려갔었어요. 장례를 다 치르고 집으로 돌아가려고 보니 인민군이 서울을 점령했다잖아. 그러니 어떡해. 우리 가족은 그대로 전쟁이 끝날 때까지 부산에 머무를 수밖에. 우리 가족에게는 천운이 따랐던 거라고 생각했지요. 외할머니께서 온 가족을 다 살리고 혼자 가신 거라며… 구자윤 그분이 25일 밤에 우리 가게로 오지 않았던 걸 두고두고 후회했던데… 어차피 그분이 25일 밤에 우리 가게에 왔었다고 해도 우린 만날 수가 없었던 거지. 애초에 우리는 연이 아니었던 거예요.”

그녀는 그 말을 끝으로 또다시 침묵에 잠겼다. 그 모진 운명 앞에서 태인도 더는 이어나갈 말이 없었다. 택시 안의 공기는 무겁게 가라앉는다.

오래된 필름

김은국 사진전의 타이틀이었다. 그동안 은국이 언론을 통해 발표했었던 보도 사진들이 아닌, 어디에도 발표된 적이 없었던. 은국이 어린 시절 찍었던 습작 사진부터 일상적이고 평범한 사람 냄새 나는 사진들이 주를 이루고 있는 전시회였다. 여기저기서 플래시가 터지고 있었고, 몇몇 방송국의 취재 카메라도 볼 수 있었다.

태인은 수희를 모시고 갤러리 안으로 들어섰다. 은국은 밀려드는 인터뷰 요청으로 정신이 없어 보였고, 지원 역시 기자들을 상대하느라 따로 인사를 나눌 겨를이 없었다. 태인과 수희는 천천히 갤러리를 돌며 사진을 구경하기 시작했다. 은국이 짜구라 불리던 시절에 찍었던 서툴고 풋풋한 사진들을 지나 메인홀로 들어섰을 때, 두 사람은 동시에 걸음을 멈출 수밖에 없었다. 그들이 그토록 보고 싶어 했던, 간절함의 집약체가 바로 그곳에 있었다. 가장 화려한 조명 아래, 가장 많은 사람의 집중을 받으며, 한 벽면을 가득 채운 채로.

서촌의 기억

이 제목 하에 전시된 사진 속에서 수희와 태인은 마침내 구자윤과 마주할 수 있었다. 카메라를 정면으로 응시하며 입가에 온화한 미소를 띠고 있던 그는 아주 잘생기지도, 아주 못생기지도, 어디가 특이하게 생기지도 않은, 그저 평범한 스물두 살의 문학청년 얼굴을 하고 있었다. 그의 어느 부분은 태인을 닮기도, 어느 부분은 남규를 닮기도, 또 어느 부분은 태인의 옆에 있는 그녀를 닮기도 했다.

"이렇게 생긴 분이었군요…."

수희가 만감이 교차하는 목소리로 나지막하게 말했다. 그녀는 지난밤, 자윤을 위해 썼던 편지를 가슴팍에 고이 끌어안고 한참이나 그에게서 눈을 떼지 못했다. 마치 눈 속에 그를 꾹꾹 눌러 담아 저장하기라도 하듯, 그의 얼굴을 지긋하게 바라보고 있었다. 태인은 그런 수희의 얼굴에서 오래전 자윤이 보았던 묵묵한 소녀를 찾을 수 있었다. 마음으로 한결같이 울고 있었다는 그 소녀를 태인은 비로소 볼 수 있었다.

두 사람은 그렇게 자윤의 앞에 오랫동안 머물렀다. 많은 사람들이 그들을 스쳐가고, 서촌의 기억을 지나쳐가는 동안에도 두 사람만은 자윤의 앞에 꼿꼿하게 서서 한참을 그와 마주했다.

자윤이 그토록 바라왔던, 수희와 함께 보내는 휴일이 그렇게 오롯이 흘러가고 있었다.

작가의 말

안녕하세요 독자 여러분.

안채윤 입니다.

서촌의 기억이 출간된 지도 벌써 5년이 훌쩍 흘렀습니다.

물론, 출간이 5년이지 이 원고를 썼던 건 2015년이니,

무려 7년이란 시간이 흘렀네요.

제 인생에 7이란 숫자가

이토록 애틋하고 소중하게 다가올 줄은 몰랐는데,

올해의 7은 여러모로 참 특별해요.

고작 소설 3편 써놓고

작가 인생에 전환기가 왔네 마네 하는 건 우습지만,

책을 쓰기만 하는 입장에서,

만들어 출간까지 하는 입장이 되니 그게 또 그렇습니다.

하하하.

이번 개정판을 준비하면서

정말 오랜만에 서촌의 기억을

처음부터 끝까지 다시 읽었습니다.

세상에나... 이토록 미흡하고 서툰 문장을 써냈다니 싶어,

정독을 못할 정도로 얼굴이 너무 화끈거리더군요.

(이런 소설을 사랑해 주셨던 독자 여러분들 정말 감사드립니다ㅠㅠ)

재출간 하지 말고 그냥 절판 시킬까…

심각하게 고민을 했을 정도였습니다.

하지만 7년 전 소설을 쓸 때,

혼자 감정 이입해서 울면서 썼던 부분에선

여전히 눈물이 나더군요.

(수희의 답장을 쓸 때 그랬어요. 있지도 않은 제 남편이 죽은 것만 같아서 글을 쓰다 말고 아주 서럽게 울었었거든요. 맞아요. 저 ENFP입니다.)

결국 그 눈물의 힘에 못 이겨

개정판을 출간하기로 마음 먹었습니다.

7년이 지나는 사이, 세상이 너무 많이 변해서

현재와는 맞지 않는 설정들이 중간중간 보이더군요.

태인과 남규가 이사를 마치고 자장면을 먹으면서

식당 전화번호를 받아가자는 이야기(지금은 배달어플이 있죠),

태인이 급하게 울릉도로 내려가면서

태블릿에 영화라도 넣어둘 걸 후회하는 이야기

(지금은 OTT서비스가 있구요)…

이러한 것들을 2022년에 맞춰서 다 고쳐야 하나
잠깐 고민했으나, 그냥 서촌의 기억은
책이 처음 출간되었던 2016년에 머무르게 두었습니다.
작품의 시점을 섣불리 옮겼다간
그 안에서 사라져버릴 사람들이 있었기 때문이죠.
서촌의 기억은 앞으로도 영원히
2016년과 1950년의 이야기로 남겨놓을 생각입니다.
그 안에는 처음 장편소설에 도전했던
그때의 저도 있으니까요.

서촌의 기억은 저에겐 너무나도 애틋하고 소중한 작품입니다.
물론, 소년기와 흑해 모두 소중하지만
애틋함은 서촌의 기억을 따라올 수가 없어요.
저는 다시는 이런 소설을 쓰지 못할 거예요 분명.
저의 이러한 마음들이
독자 여러분들께도 온전히 전해질 수 있길 바랍니다.

1950년의 그들과 2015년의 저,

그리고 지금 이 글을 읽고 계실 (그때가 몇 년도든)

현재의 여러분들 모두 잊혀지지 말도록 해요.

고이고이 누군가의 가슴 속에

소중함으로 새겨지는 나날이 되시길.

2022년 5월

안채윤 올림

장편소설 〈서촌의 기억〉

장편소설 〈소년기〉

장편소설 〈흑해〉

안채윤

2015년, 시작